Hans-Werner Wienand

Zwischen Knast und Friedhof liegt ein schöner Strand

Bibliografische Information der Deutschen Nationalbibliothek

Die Deutsche Nationalbibliothek verzeichnet diese Publikation in der Deutschen Nationalbibliografie; detaillierte bibliografische Daten sind im Internet über http://dnb.ddb.de abrufbar.

ISBN 978-3-89969-255-6

Umschlagbild: © Hans-Werner Wienand

www.principal.de

Printed in Germany

Hans-Werner Wienand

Zwischen Knast und Friedhof liegt ein schöner Strand

Seniorenkrimi

PRINCIPAL VERLAG

DANKE

Dank an Henning für den genialen Titel.

Für C. C. F.

† 12.12.2020

Der Autor

Hans-Werner Wienand, *1952, studierte wichtige und unwichtige Dinge in Münster und München, auf einsamen Inseln in der Südsee und im Indischen Ozean. Er entwickelte Fernsehserien, schrieb Drehbücher und Hörspiele, Kurzgeschichten, Sketche und Kabarettszenen, nebenbei zahlreiche Spannungsromane unter Pseudonym, um seine Kritiker und Neider nicht zu irritieren. Nach gründlichen Wander- und Lehrjahren wohnt er heute wieder dort, wo er geboren ist, und profitiert vom großen Kino seines Lebens.

»Wenn du die Wahl hättest, würdest du dann dein Leben noch einmal genau so leben wollen?«

»Wenn ich mein Leben noch einmal leben könnte, würde ich die gleichen Fehler machen. Aber ein bisschen früher, damit ich mehr davon habe.«

Marlene Dietrich

»Natürlich nicht! – Das Leben kenne ich doch schon. Ich würde mal was anderes ausprobieren.
Ich bin neugierig genug für viele verschiedene Leben.«

Carola

Ja, die hier beschriebenen Szenen, handelnden Personen und genannten Organisationen sind Elemente schriftstellerischer, also erdachter Konstruktionen, auch wenn es sie so oder so ähnlich tatsächlich gibt, gab oder geben könnte. Stell dir vor, sie wären aus dem wirklichen Leben, aus meinem oder deinem. Das wäre spannend. Und vielleicht inszenierst du dann sogar deine eigene Lebensgeschichte neu dazu, jenseits aller Illusionen und Fantasien. Die Chancen dazu hast du. Jederzeit. Lass dich darauf ein.

Prolog

Ich sag dir mal nicht, wie es mir heute Morgen geht.

Über meine Kniegelenke rede ich auch nicht.

Früher, wenn ich aus dem Bett stieg, dachte ich immer, es seien die Holzdielen, die da so unter der plötzlichen Belastung knarzten. Heute weiß ich, stimmt nicht. Die Dielen sind fachmännisch verlegt. Die knarzen nicht. Bei den Kniegelenken ist das anders. Die haben Spiel, aber keine Dämpfung. Nicht mehr. Plötzliche Belastung erzeugt da Geräusche. Das ist komisch, macht aber nichts.

Ich stehe aus dem Bett auf, drücke die Knie durch, es knarzt und es sind nicht die Dielen.

Ich habe geträumt, und im Traum ist irgendetwas schiefgelaufen. Lebenslänglich, hat der Richter gesagt. Er hat es in meine Richtung gesagt. Ich habe gesehen, dass der Staatsanwalt zufrieden war.

Das war ich auch.

Nach der statistischen Lebenserwartung bedeutet lebenslänglich für mich vielleicht gerade mal zehn Jahre. Wenn alles gut geht. Plus/minus. Als ich noch 30 war, wäre das Urteil härter gewesen. Rein rechnerisch. Je später du lebenslänglich bekommst, umso kürzer musst du sitzen.

Gut so.

Das ist Traumlogik.

Ich bin vor der Urteilsbegründung aufgewacht.

Es war kein Albtraum.

Ich glaube, ich habe gegrinst.

Lebenslänglich.

Der Tag fängt gut an.

Da ist etwas, das anders ist als sonst.
Dabei fing alles so gut an.
Die alte Frau, arglos. War alles überprüft.
Der Schmuck, freiwillig. Und das Gold.
Und der Schokoriegel?
So ein Quatsch!
Aber was soll's? Mit Nüssen und Mandeln.
Na gut.
»Geben Sie mir das Papier ...«
Lächeln. Hat keine Ahnung, die Alte.
Warum noch warten?
Und dann überall Watte. Alles wird weich. Ja, es ist gut. Keine Gefahr. Schweben in Watte. Sanfte Wolken. Angenehm.
Und jetzt sind die Arme gelähmt.
Der Durst. Die Lippen trocken und aufgesprungen. Gar nicht mehr weich. Aufstehen und trinken.
Da war was.
Die Hände lassen sich nicht bewegen.
»Hallo, Arschloch!«, sagt eine Stimme.

I.

Das Meer macht doch auch, was es will

Er war nicht immer alt. Klar. Das hatte sich so im Laufe der Jahre ergeben. Er hatte nichts dagegen. Das war in Ordnung. Irgendwann hatte ihm dann jemand mal diesen Namen gegeben. Auch das war in Ordnung. Der Name passte, und was passt, kann man annehmen und so lassen. Seitdem nannten ihn alle nur Alter Mann. Freunde sowieso, aber auch Fremde, die nicht wussten, mit welchem Namen er standesamtlich eingetragen war. Alter Mann war ein freundlicher Name. Manche nannten ihn kurz AM.

Er ließ sich gern so ansprechen.

AM ging deutlich langsamer als vor dreißig Jahren, aber er ging noch immer aufrecht. Und er kam immer an. Da wo er hinwollte.

An seinen einen Meter dreiundachtzig hatte sich noch nichts geändert. An seinem Gewicht auch nicht. Sechsundsiebzig Kilo, das ist in Ordnung, sagte sein Arzt. Da störte selbst der erhöhte Cholesterinwert nicht sonderlich. Kein großer Risikofaktor. Nichtraucher, klar. Alkohol – na ja. Darf schon mal sein. Besonders wenn er gut drauf ist. Nicht als Krücke, als Freudenfeuer. Dann geht's.

In seinem Gesicht ein paar nette, fröhliche Furchen, die dieses Leben gegraben hatte. Nichts Verbittertes, nur klare Zeichen dafür, dass da was gewesen war. Etwas, das das Leben wertvoll hat werden lassen, auch wenn es manchmal wehgetan hat.

Die Erinnerungen daran waren noch da.

Auch gut.

Ganz wichtig.
Schätze, die niemand stehlen kann.
Der Gesichtsausdruck: eindeutig.
Da war nichts Falsches, Verstecktes, Unklares. So einem Blick kannst du vertrauen, wenn du es verdient hast. Ansonsten mach dich besser vom Acker.
Auf dem Kopf ein paar Haare, nicht mehr viel und keine Frisur. Farbe: von allem etwas. Länge: bearbeitet. Seine Frisur änderte sich je nach Windrichtung. Bei Flaute gespanntes Warten auf Veränderung. Das machte ihn interessant. Männer ohne Frisur sind attraktiv. Bei AM war das Zufall durch Nachlässigkeit, bei Boris Johnson war das vielleicht Kalkulation. Vielleicht machte dessen Friseur seinem Premier jeden Morgen für sehr viel Geld in langen Sitzungen keine Frisur.
Deshalb wirkte der nur noch lächerlich.
Na ja, vorbei.
Jeder geht seinen eigenen Weg.

Stell dir vor: ein schöner Morgen.
Bisher ist nichts passiert. Es gibt solche Tage, ruhig und ausgeglichen. Dazu ein sanfter Wind aus Südost. Ein Wetter für alte Männer. Streichelwind, warm und mild. Weht aus den Balkanstaaten herein. Wind mit Migrationshintergrund.
Darf auch bleiben.
AM schlendert die schmale Gasse zur Hafenstraße hinunter. Runde Blaubasalt Pflasterung. In Jahrzehnten glatt geschliffen von schlurfenden Hafenarbeiterschuhen mit Holzsohlen. Dazwischen die rostigen Reste der alten Entladekranschienen.
Lange tot.
Die Möwen strengen sich heute nicht an. Sie kreisen

sehr hoch über dem Hafenbecken, streichen die Hafenkante entlang, sparen Flügelschläge, bleiben aufmerksam, warten auf das, was passieren könnte.

Ein ruhiger Morgen.

Auf dem Kai beherrscht die Witterung der Fischbude die Szene. Das ist Realität. Im Film kriegst du das nicht hin. Es sei denn, du bist gut. Saugut! Ein sauguter Kameramann bringt selbst den Geruch einer Fischbude auf die Leinwand. Spätestens wenn dir als Zuschauer das Wasser im Mund zusammenläuft, hat er dich. Dann hat er gewonnen.

Du aber auch, weil du einen guten Film siehst.

»Moin!«

AM muss gar nicht mehr sagen. Der Fischverkäufer weiß Bescheid. Er nimmt ein Brötchen, frisch aus dem Vorrat, nicht eins der schon belegten und durchweichten Dinger aus der Auslage. Die sind für die Touristen. Er legt es auf den Grill, damit es außen wirklich schön knusprig wird. Aufschneiden und dänische Remoulade auf beide Hälften streichen. Die ist selbst gemacht. Geheimrezept. Familientradition. Besonders gut. Darüber ordentlich Matjes und Zwiebeln. Spezialmenü.

Zuklappen, fertig.

»Jau!«, sagt AM.

Er nimmt das Fischbrötchen, hat das Geld passgenau, ist nicht das erste Mal hier. Serviette braucht er nicht. Was tropft wird abgeleckt. Der Fischverkäufer tippt an den Rand seiner Skippermütze.

Sie haben genug gequatscht.

AM nimmt einen ersten Bissen, dreht sich um, schlendert in Richtung Hafenstraße, betritt den Zebrastreifen. Die Möwen passen auf, versammeln sich über AM, bleiben aber noch sehr hoch. Besserer Überblick.

Auf einem Poller sitzt ein Angler. Es sieht so aus, als ob er ins trübe Hafenwasser starrt, obwohl die Augen geschlossen sind. Sieht trotzdem genug. Bilder überall. Es gibt was zu fühlen und zu riechen und zu hören.

Ist eben Hafen.

Das ist das Schöne.

Sein Kopf bewegt sich leicht vor und zurück, im gleichen Rhythmus wie die Wellen, die gegen die Mauer lecken. So geht auch der Takt seines Herzschlags.

Passt alles.

AM hat an diesem friedlichen Morgen die Straßenmitte erreicht. Jetzt Reifenquietschen, brutales Hupen. Eine Stoßstange kickt in seine Kniekehle. AM knickt ein, taumelt zurück. Der Fahrer des SUV kurbelt die Seitenscheibe herunter. Im Gesicht ein gepflegter Zweieinhalbtagebart, der zum Wachsen sicher drei Wochen gebraucht hat. Verspiegelte Brille, Ray-Ban, Baseballkappe auf dem Kopf, Schild nach hinten gedreht. Klischee. Dämlichkeit als personifiziertes Plakat und Herr über 360 PS.

»Verdammte Greise! Schlepp dich von meiner Straße, Alter!«

AM nimmt einen Tropfen Remoulade, der bei der Rempelei auf sein Hemd gespritzt ist, vorsichtig mit dem Finger auf, leckt ihn ab.

Lächelt.

Dann klatscht er das Fischbrötchen auf die Windschutzscheibe, verreibt es dort langsam und sorgfältig, lässt keinen freien Fleck aus. Dänische Remoulade, selbst gemacht, Geheimrezept, Familientradition, besonders gut.

Auto mit Remouladenglasfrontscheibe und Zwiebelringen. Undurchsichtig. Abgerissene Matjesreste bleiben am Scheibenwischer hängen.

Schade um das Brötchen, schade um den Fisch, schade um die Remoulade.

Wäre lecker gewesen.

Die Möwen kreisen tiefer. Jetzt ist was los. Sie landen auf dem Wagendach, auf der Motorhaube, haschen nach den Fischresten, nach den knusprigen Brötchenstücken, finden das gut, entleeren ihren Darm auf dem Autoblech.

Der Fahrer reglos auf seinem Sitz, blass unter seiner umgedrehten Baseballkappe, atmet schwer, findet sich plötzlich in einem Kosmos wieder, den er nicht mehr versteht und in dem er nichts mehr zu sagen hat. Er umklammert sein Lenkrad, sucht da Halt. Das ist alles, was ihm jetzt noch einfällt.

Der Angler hat die Augen geöffnet. Nickt noch immer im Takt der Wellen, und jetzt spricht er auch.

»Die Verkehrsrowdys sollte man alle mal ...«

Was man die sollte, sagt er nicht. Sicher nichts Gutes. Sicher nichts Legales. Sicher mit mehreren Jahren Knast belegt.

»Schade um das Fischbrötchen«, sagt AM.

»Der Preis der Freiheit«, sagt der Imbissmann.

»Jau!«

Das musste jetzt so sein. Scheiß auf Paragraf 303 StGB. Die Seele will auch leben.

AM lächelt dem Fischverkäufer zu und dem Angler. Kumpelhaft. Vertraut. Sieht aus wie eine Wertegemeinschaft. Ist es wohl auch. Ist ausbaufähig.

Das Meer macht ja auch, was es will.

So geht's.

Bei den Schokoriegeln ist eine Lücke, die da nicht sein darf

Es ist wie ein Spiel.

Die Spieler: Theo und Anton.

Das Spielfeld: Theos Kiosk.

Die Regeln: ausgedacht. Jeder für sich.

Anton, Alter irgendwo zwischen sechzehn und zwanzig, betritt den Kiosk. Er ist als Kleinkind mit seiner Mutter von Russland nach Deutschland eingewandert, weil seine Großmutter, die gebürtig aus Südwestdeutschland stammte und seit Kriegsende Heimweh hatte, das so wollte. Sein Vater wollte das nicht und ist in Kasachstan geblieben. Allein. Inzwischen ist seine Großmutter gestorben, ihre regelmäßige Rente ist weg für alle, seine Mutter weiß nicht so genau, was sie jetzt will, und verlässt die Fernsehcouch *zwischen Tüll und Tränen* und *Shopping Queen* nur, wenn sie einen Termin beim Jobcenter hat oder mal wieder frische Zigaretten braucht.

Anton weiß genau, was er will: Einen Haufen Kohle machen, am liebsten als Rapper, vielleicht auch als Zuhälter, vielleicht auch beides.

Egal.

Irgendwas Seriöses in der Richtung. Wird sich schon was ergeben. Da ist er sich sicher.

Anpfiff. Das Spiel beginnt.

Anton eröffnet. Er geht lässig durch die Regalreihen, den Blick auf nichts Besonderes gerichtet. Das ist wichtig. Desinteresse zeigen. Beide Hände in die Seitentaschen der roten Bomberjacke gestopft. Die geballten Fäuste beulen die

Taschen von innen auf. Weiße Ohrhörer baumeln an ihren Kabeln über den Ohrmuscheln. Die Kabel verschwinden zwischen T-Shirt-Kragen und Bomberjacke. Irgendwo da drin steckt das Handy mit der Musik, aus der Mut wächst.

Auf dem Kopf keine verdrehte Baseballkappe, so wie sie alle in seiner Clique tragen. Never! Uniformen passen ihm nicht. Er ist was Besonderes. Und damit das jeder versteht, hat er ein schwarzes Tuch um die Stirn geschlungen, am Hinterkopf verknotet. Sieht so ein bisschen piratenmäßig aus, mit den mühsam gebändigten, halblangen Wuschelhaaren, dem scharf geschnittenen Gesicht, mit der langen Nase, die irgendwann einmal gebrochen gewesen sein muss. Schadet aber nicht. Lässt ihn interessant aussehen. Attraktiv für eine besondere Sorte Mädchen.

Und Frauen.

Auf der anderen Seite Theo.

Alter irgendwo zwischen fünfzig und sechzig. Betreibt den Kiosk seit fünf Jahren. *Versorger MS Theo* steht in Leuchtschrift über der Eingangstür. Versorgt die Nachbarschaft mit allem, was sie zum Leben in Arbeitslosigkeit braucht: Tabak, Schnaps und Lottoträume. Am Wochenende, wenn Fußball ist, auch heiße Würstchen im labbrigen Brötchen für den Weg zum Stadion.

Theo ist früher mal zur See gefahren. Danzig - Rostock - Rostock - Danzig. Vor der Wende, nach der Wende. Hin und her. Sicherer Job.

Sicher jedenfalls bis zum Unfall nach der Geburtstagsfeier mit zwei Komma acht Promille auf der Gangway. War nicht gerade sein Rekord, aber danach konnte er trotzdem die unchristliche Seefahrt vergessen.

Scheißspiel.

Eisenstufen, Bein verdreht, Hüfte gebrochen.

Kompliziert.

Schlecht verheilt und Schluss.

Als Betriebsunfall anerkannt, weil es der Geburtstag vom Kapitän war und der auch den Unfallhergang der Berufsgenossenschaft geschildert hat. Der Alte hat versichert, dass vor dem Unfall kein Alkohol im Spiel war. Vielleicht hinterher, das kann sein, wegen der Schmerzen.

Vorher nicht.

Solidarität an Bord.

Hat geklappt.

Mit der Abfindung hat Theo den Kiosk gekauft. Der hatte da schon jahrelang leer gestanden. Problemviertel, sechzig Prozent arbeitslos, Renovierungsstau bei den umliegenden Häusern und schlechte Infrastruktur. Kabelanschluss kannst du vergessen.

Der Kiosk war günstig, hat sich niemand zugetraut. Seitdem versucht Theo seinen Nettogewinn mit dem Verhindern von Ladendiebstählen aufzubessern. Seine Geschäftsbilanz ist ein Horror. Wenn die Leute nicht so viel klauen würden, wäre er längst ein gemachter Mann, meint er.

Jetzt steht er hinter der Kassentheke.

Die linke Hand in Hüfthöhe, ist vom Laden aus nicht zu sehen. Sie liegt in der Schublade mit der Glock 17, neun Millimeter Gaspistole. Theo hat dafür einen kleinen Waffenschein beantragt und wartet seit Monaten auf den großen Auftritt in Notwehr. Siebzehn Schuss Magazin. Die Österreicher wissen, worauf es ankommt beim Waffenbau. Damit kann man was anfangen. Er muss nur einmal einen beim Klauen erwischen und der muss dann noch pampig werden.

Ruck, zuck, siebzehn mal Selbstverteidigung.

Das geht wie nix.

Ganz legal.

Durchgeladen ist die Glock ja. Das ist immer das Erste, was er morgens macht. Laden aufschließen und durchladen. Festes Ritual. Dann kann der Tag beginnen. Man weiß ja nie, wann der erste Kunde kommt.

Und wer.

Einer ist jetzt da: rote Bomberjacke, Piratentuch.

Den Kandidaten kennt er. Einzelgänger und große Klappe. Hält sich für unbesiegbar. Wird sich wundern, wenn es siebzehnmal knallt und das CS-Gas in der Fresse brennt.

Theo wartet ab, wartet auf den richtigen Augenblick, beobachtet Anton.

Anton weiß, dass sein lässiges und zielloses Schlendern an den Regalen entlang provoziert. Zigaretten, Zigarillos, Alkohol, Zeitschriften, Süßigkeiten, Erdnüsse, Chipstüten. Sein entspanntes Grinsen passt perfekt zu seinem Gang, zu seinen Körperbewegungen. Alles eine Einheit. Hat er in spiegelnden Schaufensterscheiben trainiert.

Er weiß, dass es wirkt.

Er weiß, dass er gut ist.

Er sieht nicht direkt hin, aber er hat Theo im Auge. Brillantscharfes Sehen aus den Augenwinkeln heraus. Seine Spezialität, Provokation als Taktik.

Lauern.

Die Spieler haben sich warm gelaufen. Noch keine Entscheidung.

Anton greift nach einer Zigarettenpackung.

Theo umklammert die Glock. Linkshänder. Die Rechte bleibt locker auf der Theke liegen.
Unverfänglich.

Anton schlendert zur Kasse. Wirft dabei die Zigaretten mit der Linken hoch, fängt sie mit der Rechten lässig auf.
Immer wieder.
Jongleur auf der Bühne.
Achtet darauf, dass sein Lächeln cool bleibt. Nicht übertreiben. Ablenkung ist wichtig. Streicht am Süßwarenregal entlang. Kraftriegel mit Nüssen und Mandeln.
Schnappt die Zigarettenpackung aus der Luft, legt sie auf die Theke, neben die Kasse.
Theo lässt die Linke, wo sie ist.
»Ausweis?«
Anton nimmt Blickkontakt auf. Voll in die Pupille, aber harmlos und entspannt.
»Hat mein Bewährungshelfer.«
»Ohne Ausweis keine Tabakwaren.«
»Doch«, sagt Anton. Legt das Geld abgezählt und passend auf die Theke, hat die Zigaretten schon in der Hand, dreht sich um, setzt die Ohrhörer ein, tänzelt rhythmisch zu dem, was er da hört, hört sonst nichts mehr, als er den Laden verlässt.
Theo streicht das Zigarettengeld erst ein, als die Ladentür zuschlägt. Sein Blick fällt auf das Süßigkeitenregal, kontrolliert. Theo weiß, was wo und wie und in welchen Mengen da liegen muss. Er hat sein Präsentationsystem im Kopf, jedes einzelne Stück.
Bei den Schokoriegeln ist eine Lücke, die da nicht sein darf.
Es gibt ihm einen Stich.
Eins zu null.

Es gibt Leute, für die ist Carola eine komische Frau.

Sie denken das, weil sie nicht Bingo spielt, nicht in Zumbakreisen ihre Faszien malträtiert, aber Currywurst für Soul Food hält. Sie klappert nicht mit Langstöcken in Lustkillergruppen mit heruntergezogenen Mundwinkeln durch die Wälder und bestreut sich auch anschließend nicht mit Bachblüten. Das alles reizt sie nicht, und Yoga findet sie albern.

Es gibt noch ein paar andere Sachen, die Frauen mit sechsundsiebzig tun müssen, um nicht komisch zu sein. Lymphdrainage jeden Dienstag zum Beispiel oder Ayurveda-Nasenfaltenmassagen mittwochmorgens. Pediküre gehört dazu und Maniküre und Friseur alle zwei Wochen. Zwischendurch Lifestyle- und Potenzialcoaching nach tibetanischen Mondphasen, begleitet von female empowerment abends während der Tagesschau.

Ganz wichtig: burmesisches Blumenstecken in der Volkshochschule mit anschließender fair gehandelter Mate-Teeverkostung in kleiner literarischer Gesprächsrunde über Paulo Coelho.

Sonst noch was?

Viel gibt es da nicht. Die Aufgaben sind überschaubar. Aber was auch immer – für Carola ist das alles nichts. Sie interessiert sich nicht dafür, was sie tun muss, was sie darf oder nicht darf, nur dafür, was im Augenblick für sie richtig und wichtig ist. Für diese Erkenntnis hat sie über siebzig Jahre gebraucht. Das ist eine verdammt lange Schulzeit. Und die war meistens von der harten Sorte.

Na ja.

So ist das eben, wenn du mit siebzehn eine Kneipe erbst und den Großteil deines Lebens auf der falschen Seite der Theke verbringst. Dann hast du in wenigen Jahren alle Spielarten der menschlichen Niederungen im Live-Kino erlebt.

War so, ist jetzt vorbei.

Trotzdem wäre es schön gewesen, wenn zwischendurch mal jemand diesen Film angehalten hätte, um vielleicht Popcorn zu verkaufen, wenn die Szenen am härtesten waren.

Einfach nur so.

Gab es aber nicht.

Wenn du es dir mit Carola verderben willst, schenk ihr einen Blumenstrauß.

Carola liebt das Leben, die Freude, die Lebensfreude.

Sterben passt nicht dazu.

Auch keine sterbenden Pflanzen.

Mit dem morbiden Sadismus, den Schnittblumen ausstrahlen, kann sie nichts anfangen. Sie verabscheut diesen Ausdruck einer kastrierten Schönheit, der du nur noch beim Vergehen zuschauen kannst.

Wer sollte sich daran erfreuen?

Die Blumen haben keine Zukunft, keine Chance, das weißt du von Anfang an. Nur wenige Tage und die Blätter welken, die Stängel werden weich, die Blütenköpfe senken sich, das Wasser wird Gülle, und Gülle stinkt.

Und das war's dann.

Die Blumen sperren sich eine Zeit lang gegen den unvermeidlichen Tod, winseln stumm um Gnade, aber niemand hilft ihnen, kann ihnen noch helfen, und in wenigen Tagen ist die einstmals üppige Pracht nur erbärmlicher Kompost.

Traurig.

Schnittblumen strahlen nicht einmal mehr Melancholie aus, nur unendliche Trauer und Vergänglichkeit. Von Anfang an.

Nicht Carolas Ding.

Du kannst Schnittblumen jemandem zur Geburt schenken, als brutale Warnung vor dem Leben.

Das macht Sinn.

Im Alter sind sie nichts als eine grausame Drohung.

Carola lässt sich nicht drohen. Nicht mehr. In ihrem Alter sind die Instrumente dazu ohnehin erschöpft. Sie hat ihr bisheriges Leben überlebt. Das gibt ihr Kraft für die Gegenwart.

An die Zukunft denkt sie nicht. Nicht oft jedenfalls. Nur dann, wenn sie an AM denkt, obwohl das eigentlich ganz schön häufig passiert.

Das ist angenehm.

Wird schon gehen.

Stell dir vor: Der Angler sitzt mit geschlossenen Augen auf dem Poller und beobachtet den rot-weißen Schwimmer an der Angelschnur. Die Rute liegt neben ihm auf dem Kai. Der sanfte Wind zeugt kleine Wellen, die erst den Zapfen tanzen lassen und dann ganz leise an die Mauer spritzen. AM setzt sich neben ihn, blickt zum Himmel. Im Blau hängt ein einzelner, zaghafter Wattebausch. Es riecht nach Salz, nach Tang, nach Fisch und nach Weite.

Freiheit.

»Welche Köder nimmst du?«, fragt AM.

Der Wattebusch zieht gemächlich von Ost nach West, löst sich erst auf, als er vor die Sonne treibt.

Die Zeit vergeht.

»Köder?« Der Angler spricht, aber er öffnet die Augen nicht.

AM nickt, auch wenn der Angler das bei geschlossenen Augen gar nicht sehen kann.

»Mhm.«

Der Angler greift nach der Rute, dreht die Kurbel und holt die Leine ein. Der Schwimmer steigt auf, schwebt über dem Wasser, schwingt in einer präzisen Parabel zu den beiden Männern.

Jetzt ist zu sehen, dass die Angelschnur von der Rutenspitze aus nur bis zu der kleinen rot-weißen Boje verläuft, dort verknotet ist – und dann endet. Es gibt keine Fortführung unter dem Schwimmer, keine Verlängerung. Es gibt kein Gewicht am Ende. Es gibt keinen Haken und es gibt keinen Köder.

Der Angler hat jetzt die Augen geöffnet, sieht AM an, lächelt und wirft die Angelschnur wieder aus.

»So vergeht die Zeit«, sagt er.
»Stimmt«, sagt AM.
Der Schwimmer tanzt mit den Wellen.
»Das würde sie auch, wenn ich mit Phosphorsocken und Sprinterleibchen durch den Wald hetzen würde«, sagt der Angler. »Genauso schnell würde die Zeit vergehen, genauso sinnlos. Es ist die Aufgabe der Zeit, zu vergehen. Wenn es schön ist, dem Schwimmer zuzusehen oder den Möwen zuzuhören, ist alles in Ordnung. Alles ist in Ordnung, wenn es schön ist. Wenn es schön ist, durch den Wald zu hetzen, auch gut. Schön ist gut. Schön ist wichtig. Zeit spielt keine Rolle. Nicht mehr.«
Ein paar Möwen kreisen über dem Hafen und erzählen sich was. Auf der gegenüberliegenden Uferseite lassen Antriebsräder der Hafenkräne Metall auf Metall reiben und stimmen ein.
»Eine lange Rede«, sagt AM.
»Mhm.« Der Angler schließt die Augen. »Genug für dieses Jahr.«
Er lauscht, er riecht, er schmeckt den Hafen.
Schön ist gut.
Er hat recht, denkt AM.
Und dann denkt AM an Carola.
Zeit spielt keine Rolle. Schön ist wichtig.
Genau.
Er steht auf.
»Bis zum nächsten Jahr«, sagt er.
»Mhm.« Der Angler nickt mit geschlossenen Augen.
Der rot-weiße Schwimmer tanzt auf den Wellen. Die Möwen unterhalten sich. Die Ladekräne singen ihr Lied. Neue Wattewolken ziehen zur Sonne, um sich dort aufzulösen, eine nach der anderen. Ganz entspannt.

AM geht den Kai entlang, dicht an der Wasserkante. Er sieht die Masten der Boote in der kleinen Steganlage, sieht die Hafeneinfahrt, die beiden Seezeichen, rot und grün, die die Einfahrt markieren.

Und genau dort, am letzten Steg, dort liegt sein Schiff.

Sie fährt, damit sie vollständig ist

Stell dir vor: Carola auf einer Honda Shadow VT 600, Baujahr 1992, Bobber Umbau, Silver-Tail-Auspuff, Blinker in den Lenkerenden, die Gabelbrücken breit und fünf Grad gereckt, ein mitschwingendes Heck, nicht in den Papieren eingetragen – Diskussionen mit dem TÜV kannst du dir sparen –, die Fußrasten vorverlegt, der Tank schwarz-orange geflammt lackiert.

Ein Sattel, klar.

Kein Mitfahrer.

Niemals.

Ein Mann fährt nun mal nicht mit einer Frau, die fährt.

Und wenn, sitzt er hinter dir, klammert und fasst dir an die Titten.

Wenn du eine Frau mitnimmst, sitzt sie hinter dir, klammert und fasst dir an die Titten.

Wenn du jetzt denkst, ich stottere, hast du keine Ahnung von Menschen.

Carola fährt allein.

Sie fährt nachts, lange nach der Polizeistunde, nachdem ihre Kneipe geschlossen ist, der letzte Besoffene im Taxi sitzt und vorher schnell den letzten Rest Würde in die Gosse gekotzt hat. Das Licht ist gelöscht, die Stühle stehen auf den Tischen. Noch ist die Luft fett gesättigt von Rauch und Bier und Schnaps und Schweiß und Angst. Trostlosigkeit, legt sich wie ein feister Nebel auf alles, was nicht entkommen kann. Wenn Ruhe einkehrt im Gastraum, nur der Kopf den Tsunami aus Schicksalsmüll und Trauer und Verzweiflung und Einsamkeit aus zwölf Stunden Thekendienst noch nicht verdrängen konnte, dann steigt Carola auf ihr Motorrad.

Sie spürt das sonore Wummern der Kolben zwischen ihren Beinen, spürt den Wind, der um das offene Visier wirbelt, fährt, hat alles im Griff, hat endlich alleinige Macht über sich selbst, über ihr Leben.

Sie fährt langsam und beherrscht. Der Traum von Weite. Von Unabhängigkeit. Gelassenheit. Sie lebt in den Kurven.

Jetzt wird alles gut.

Sie fährt, bis die Sonne den Horizont malt.

Sie fährt, weil sie nur so weiß, dass es sie gibt.

Dann ist sie vollständig.

So war's.

Dilek stieß die Tür zum *Paradies* auf.

Eintauchen in die Vergangenheit. Schön. Die Hitze des Dönerofens, der Geruch nach Gewürzen, heißem Fett, gegrilltem Fleisch. Mediterran, mitten in Deutschland. Sinnliche Elemente, mit denen sie aufgewachsen ist. Kulisse der Kindheit. Wunderschön.

»Hallo, Baba!«

Ihr Vater stand hinter dem Tresen, hinter der Auslage mit den Salaten, den Soßen und der angetretenen Armee kleiner Rakifläschchen. Er goss Tee in zwei Çaygläser. Er lächelte, als er sie sah. Freundlich, warm, ehrlich, unverfälscht. Im gleichen Augenblick war sie wieder ein kleines Mädchen. Sein kleines Mädchen.

Sein Lächeln konnte das.

Geborgenheit, Sicherheit.

Seit dreiundzwanzig Jahren funktionierte das so.

Nestwärme.

Der Dönerspieß gehörte natürlich ebenso dazu, genau wie der zweiundachtzig Zoll Flachbildschirm, der beinahe die komplette linke Wand des Gastraums bedeckte und auf dem ntv mit Nachrichten-Endlosschleifen langweilte. Jetzt auch wieder.

Na, klar. Das war nie anders gewesen.

Nur die Bildschirmdiagonale war mit den Jahren unkontrollierter gewachsen. Irgendwann würde die Wand nicht mehr ausreichen.

Das *Paradies* war ihr Zuhause. Ihr Zuhause war das *Paradies*.

»Dilek, ich freue mich«, sagte ihr Vater.

Sie umrundete den Tresen und küsste ihren Vater auf die Wangen.

»Ich freue mich auch.« Das war ehrlich. »Geht's dir gut, Vater?«

»Natürlich, Dilek. Setz dich, ich bin gleich bei dir.« Er stellte die beiden Teegläser auf zwei Untersetzer, dann auf ein Tablett.

»Überraschung! Die junge Studentin!«

Eine Stimme aus dem Hintergrund. Eine unangenehme Stimme. Dilek hatte den Mann nicht gesehen, der in der Nische am Fenster saß. Zwei Teegläser! Na klar, ihr Vater war nicht allein. Sie drehte sich um. Sofort war die Wärme des ersten Augenblicks verflogen. Das kleine Mädchen war wieder eine erwachsene Frau.

Den Mann kannte sie.

Das Paradies hat dunkle Ecken.

»Was will der denn hier?«

»Dilek, bitte, Ayhan ist mein Gast.«

Ihr Vater hob beschwichtigend die Hände.

»Ich glaube nicht, dass er Döner bestellen will«, sagte Dilek.

Die Schärfe in ihrer Stimme war nicht gewollt. Aber das Gefühl der Geborgenheit war verwischt.

Dieser Typ schaffte das.

Ayhan tauchte immer wieder im *Paradies* auf, unregelmäßig, übergab ihrem Vater größere Briefumschläge. Die enthielten Geld, das wusste Dilek. Bargeld. Es passierte oft, dass Leute ihrem Vater Geld brachten. Ungewöhnlich war das nicht. Manchmal kleinere Summen, oft fünfstellige Eurobeträge. Das war ganz normal für sie. Sie dachte nicht darüber nach. Und sie redete nicht darüber mit ihren Freundinnen in der Schule. Sie wusste nicht, wofür das Geld war, das die Leute brachten und aus welchen Geschäften es stammte. Sie wusste nur, dass darüber nicht gesprochen werden durfte. Sie wusste das, ohne dass es ihr ihre Eltern erklären mussten. Das war einfach so.

Rudelregel.

Ihr Vater würde wissen, was richtig war. Dilek vertraute ihm.

Die Männer, die das Geld brachten, sprachen kurz mit ihrem Vater, grüßten höflich und verschwanden. Sie waren wie Schatten, die durch ihr Leben huschten. Freundliche Schatten. Sie verbreiteten keine Angst.

Mit Ayhan war das anders. Ayhan benahm sich jedes Mal so, als ob ihm das Restaurant gehörte. Ihr Nest! Und er benahm sich so, als ob ihm alles gehörte, was sich in diesem Nest befand. Dazu gehörte auch sie. Er versuchte Dinge, die sie nicht wollte. Nur dann nicht, wenn ihr Vater in der Nähe war.

Dilek nannte ihn Spaßvogel. Das war ihr heimliches Codewort. Das half, weil sie als Kind Arschloch nicht sagen durfte. Spaßvogel war erlaubt. Nur sie wusste, was gemeint war.

»Immer noch die kleine Katze«, stellte Ayhan fest. »Hast du es bis heute nicht geschafft, ihr das Fauchen abzugewöhnen, Baba?«

Seine Stimme klang süß und freundlich. Der lauernde Zug um die Augen verriet die Lüge.

Dileks Vater nahm eins der Teegläser vom Tablett, stellte es zurück auf den Tresen, brachte nur das andere an Ayhans Tisch.

»Du bist mein Gast, Ayhan, also benimm dich wie ein Gast.«

Als er zurückkam, hatte Dilek die Arme trotzig vor der Brust verschränkt.

»Erzähl, mein Mädchen«, sagte Dileks Vater. »Was machst du, was lernst du auf der Universität?«

Keine gute Stimmung für gute Nachrichten. Einen Volontärplatz beim *Tagesblatt* hatte sie ergattert, ein Traum. In der Feuilletonredaktion. Genau so, wie sie es sich gewünscht hatte. Duale Ausbildung. Studium und Praxis, das erste eigene Gehalt. Ja, sie hatte gute Nachrichten. Deshalb war sie hier. Gute Nachrichten brauchen allerdings einen guten Rahmen, um zu wirken.

Spaßvögel störten da.

Ayhan störte seit eh und je.

»Geht so«, antwortete sie nur. »Viel Arbeit.«

Ihr Vater schob ihr das gefüllte Teeglas zu und die Schale mit Zuckerstückchen. Der Tee war kochend heiß, so wie er sein musste. Sie fasste das Glas mit zwei Fingern nur am oberen Rand, blies in den Dampf und nahm einen winzigen Schluck. Der Tee war heiß an ihren Lippen, war stark und würzig. Ablenken. Den Typ in der Ecke ignorieren.

Ist besser so.

»Es ist guter Brauch, Çay gemeinsam zu trinken«, sagte Ayhan aus dem Hintergrund.

Dilek begann die Mini-Rakifläschchen in der Auslage zu zählen. Autogene Beruhigungsübung.

»Ich trinke mit meiner Tochter«, sagte Baba.

»Lass gut sein, Vater. Wir können später sprechen. Ich bleibe über Nacht.«

Baba bedeckte Dileks Hand mit seiner. Die Hand war warm und fest.

»Wir sprechen dann, wenn du sprechen willst«, sagte er.

Ayhan stand auf und schlenderte zum Tresen. Er ging langsam, breitbeinig, aufrecht. Macho on tour. Er schob sich eine Zigarette zwischen die Lippen.

Coolman.

»Du solltest auch mit mir sprechen, Baba«, sagte er. »Wir sollten sprechen, wenn ich sprechen will. Wir sind Partner, Baba. Geschäftspartner. Und du willst keinen Tee mit mir trinken?« Er zündete die Zigarette an, nahm einen tiefen Zug und blies den Rauch seitlich aus dem Mundwinkel - in Dileks Gesicht. »Das ist nicht gut, Baba.«

Dilek spürte, dass sich die Hand ihres Vaters, die bisher sanft auf ihrer lag, allmählich verhärtete. Sie zwang sich dazu, ihr Codewort jetzt nicht zu übersetzen.

»Wir sind keine Partner«, sagte ihr Vater. Er sprach sehr leise. Das war kein gutes Zeichen. »Du nutzt einen Service, den ich dir biete. Das ist alles. Aber wir sind keine Geschäftspartner.«

»Service, ja? Was denkst du, wie lange du diesen Service noch leisten kannst, wenn du nicht mehr zuverlässig bist?«

»Nicht deine Entscheidung«, sagte Baba.

Dilek war überrascht, wie plötzlich sich das warme, freundliche Lächeln ihres Vaters verändern konnte. Er war stark, das spürte sie. Dieses Lächeln, das ihr immer Geborgenheit geschenkt hatte, wurde jetzt drohend. Es galt nicht ihr.

»Du bist ersetzbar«, sagte Ayhan.

»Trink deinen Tee und geh! Es gibt Leute, die größer sind als du. Du entscheidest nicht!«

»Mann, Alter ...«, sagte Ayhan. Er sah sich um im Restaurant, drehte sich auf der Stelle, hob die Hände in Schulterhöhe, so als ob er das alles umfassen wollte. »Sieh dir die hässlichen Tapeten an, die abgewetzten Tische und Stühle, die ranzige Theke. Was verkaufst du hier? Du verkaufst Döner und du verkaufst Bratwurst und Currywurst. Sind das türkische Gerichte? Die Haut der Wurst ist Halāl, von

Lämmern, die nach sunnat Allah getötet wurden. Aber innen ist Schwein! Du verkaufst Schwein in gesegnetem Darm!«

»Es gibt dein Geschäft und es gibt mein Geschäft. Ich mag dein Geschäft nicht, und mein Geschäft geht dich nichts an.«

Ayhan ließ die Zigarette auf den Boden fallen, trat sie aus. Kümmerte sich nicht um den entstehenden Brandfleck im Bodenbelag.

»Was weißt du schon? Du weißt nichts von meinen Geschäften.«

»Gut für uns beide«, sagte Baba. »Und dabei soll es bleiben.«

Das hört nie auf, dachte Dilek. Er ist und bleibt ein Spaßvogel.

Überflüssig: Der Sattelköcher für John Waynes Winchester

Das ist bis heute drin, ein festes Ritual, obwohl längst unnütz und überflüssig: Vor dem Gang zur Garage der Griff an die Garderobe, auf die Ablage, dahin, wo früher der Helm lag. Doch da liegt kein Helm mehr, schon seit sechs Jahren nicht mehr. Seit Carolas siebzigstem Geburtstag nicht mehr. Der Helm liegt jetzt im Wohnzimmer, auf der Vitrine, neben den Bildern mit Inga, ihrer Tochter, und dem einzigen Urlaubsfoto mit AM in der Camargue.

Die Museumsecke.

Auf dem Bild stehen beide vor dem roten 2CV, gelbe und braune Pril-Blumen auf den Türen, auf der Heckklappe eine stilisierte Sonnenblume. *Atomkraft? Nein danke.* Das war damals Pflicht. Hatte ja auch was gebracht, gesellschaftlich und politisch. Das Thema war schließlich durch, bis heute irgendwelche Schlauberger, fünfzig Jahre später, die längst beerdigte Atomkraft erneut ausgraben wollen. Der französische Staatspräsident, zum Beispiel. Und nicht nur der.

Leute, die waren damals, als das Foto entstanden ist, nicht einmal geboren!

Und jetzt spielen sie die Klugscheißer.

Wiederauferstehung der Dummheit.

Vielleicht nehmen sie aber auch heimlich seltsame Dinge ein, die früher allerdings ebenso verboten waren, weit vor deren Geburt. Die Sachen lagen schon immer in den Tresoren der Apotheken, in Giftschränken oder wurden in Schmuddelecken dunkler Parks verkauft. Waren die Substanzen einmal im Körper, ejakulierte der Kopf die merkwürdigsten Gedanken.

So könnte es diesmal wieder gewesen sein.

Wer weiß?

Egal.

Carolas Kopf weiß, dass der Helm nicht mehr auf der Garderobe liegt, nur ihr Körper will es nicht wahrhaben. Immer noch nicht. Es ist das alte aufregende Spiel. Ihr Körper will oftmals Dinge, die ihr Kopf nicht will. Und manchmal will ihr Kopf Dinge, die ihr Körper nicht will. Das war schon immer so.

Kopf und Körper arbeiten nicht oft zusammen, obwohl sie stets die Folgen gemeinsam tragen. Interne Solidarität. Ja, das gibt es. Das jedenfalls ist gut. Wenn etwas schiefläuft, gibt es keine gegenseitigen Vorwürfe. Schläge werden gemeinsam ausgehalten. Allenfalls gibt es danach das Versprechen, das nächste Mal Argumente beider Seiten ernst zu nehmen und alle Begründungen miteinander abzuwägen.

Vernunft, heißt das.

Erwachsen sein.

Funktioniert nie. Auch mit 76 noch nicht.

Kopf und Körper bleiben unkalkulierbar.

Das Leben bleibt riskant.

Das ist ja das Schöne. Auch wenn es Narben schlägt.

Es war ihre eigene Entscheidung, die Honda abzumelden, in die Garage zu stellen, die Batterie auszubauen, den Motor mit Konservierungsöl zu fluten und alles mit einem weißen Laken abzudecken. Leichentuch. Sah aus wie in einem Beerdigungsinstitut.

War ja was dran.

Ein ganzer Lebensabschnitt wurde hier beerdigt. War nur auszuhalten, weil es ihre eigene Entscheidung war, nicht die von Wichtigtuern oder den Medizinisch-Psychologischen Diensten. Einer der wenigen Fälle, in denen bei ihr Kopf und Körper gleicher Meinung waren.

Nur deshalb funktionierte das.

Wenn der Spaß nachlässt, ist der richtige Augenblick da.

Motorrad fährst du mit dem Rückenmark, nicht mit dem Gehirn. Du lenkst die Maschine mit dem Körper, neigst dich in den Kurven, spielst mit Gewichtsverlagerung, flirtest mit dem Streckenverlauf. Der Kopf mischt sich da nicht ein, der genießt. Beim Motorradfahren denkst du nicht, du lässt die Glückshormone an die Schalthebel. Ohne Kontrolle. In dem Augenblick, in dem du beginnst, dich beim Fahren zu konzentrieren, wenn der Kopf irgendwann den Lenker übernehmen will, solltest du anhalten und die Maschine in die Garage stellen.

Sofort.

Dann ist die Zeit gekommen.

Du solltest die Batterie ausbauen, den Motor mit Konservierungsöl fluten und alles mit einem weißen Laken abdecken.

Rechtzeitig.

Bevor du selbst hinter einer beschissenen Linkskurve unter einem Leichentuch liegst.

Zur abgemeldeten Honda gab es keine Alternative.

Vorbei.

Endgültig.

Deshalb empfand sie das knallrote Elektroquad auch nicht als Ersatz. Es war nur eine Möglichkeit, hüftschonend in der Stadt unterwegs zu sein, nachdem jahrelanger Thekendienst die Gelenke verschlissen hatte, und wenn man ein Auto zu spießig fand.

Seniorenmobil!

Die Bezeichnung war eindeutig zweideutig und eine Spur diskriminierend. Insbesondere bei der begrenzten Geschwindigkeit. Das ging gar nicht. Eine Zumutung. Fünfundzwanzig km/h Maximum ist kein brauchbarer Wert für lebende Rentner, die mitten im Leben stehen. Ganz schlecht für ein Alter, in dem man keine Zeit mehr hat, Zeit zu vertrödeln.

Das würde geändert werden.

Legal oder illegal.

Scheißegal.

Beim Austausch der Ritzel an ihrem ersten Mofa vor einundsechzig Jahren hatte sie nicht lange gefackelt. Warum sollte sie heute damit anfangen?

Ihr würde schon was einfallen.

Carola saß jetzt nicht mehr wie auf einem Pferd, ihr Sattel war nun ein Stuhl. Gewöhnungsbedürftig. Als Entschädigung durfte sie ohne Helm fahren.

Gesteuert wurde auch nicht mehr mit Gefühl und dem Körper. Gewichtsverlagerung, sanftes Wiegen in Serpentinen war unmöglich. Aber Serpentinen sind in der Stadt ohnehin selten. Jetzt war der Kopf der Chauffeur. Er war der Chef. Er sagt dir, was zu tun ist.

Rechter Arm vor, linker zurück - Linkskurve.

Linker Arm vor, rechter zurück - Rechtskurve.

Kein Gefühl. Nur Sachlichkeit.

War nie ihr Ding. Daran musste sie sich erst einmal gewöhnen.

An der Seite des Elektroquads war die Halterung für eine Gehhilfe montiert. Sah aus wie ein Sattelköcher für John Waynes Winchester.

Das war das Schlimmste.

Kein gutes Symbol. Ein brutales Zeichen für unaufhaltsame Eingrenzung der Bewegungsradien. Eine Warnung. Vielleicht eine Prognose. Aber so weit war es noch nicht. Noch lange nicht.

Noch war Bewegung im Leben.

Carola fuhr in der Halterung einen Besen spazieren.

Das passte. War ihre Idee. Fand sie gut.

Keine Gehhilfe, Hexenbesen.

Das gefiel ihr besser.

Wenn du einem 95-Kilo-Mann den Weg versperren willst, musst du auf deinen High Heels einen guten Stand haben

Der Baum, an dem sich Willys Freund erhängt hatte, stand in frischem Grün und hatte die ersten vorwitzigen Blüten gesetzt.

Das war schön.

Bäume kennen keine Trauerzeit. Damit können sie nichts anfangen. Nur Leben ist wichtig für starke Bäume, ganz gleich, was passiert. Starkes Leben mit frischem Grün und vorwitzigen Blüten.

Willy wusste genau, wo der Strick gesessen hatte. Die Rinde war dort seitdem vernarbt.

In Willys Seele gab es auch eine Narbe. Sie heilte nicht. Sie schmerzte immer dann, wenn er an der Stelle vorbeilief. Er lief jeden Tag an dieser Stelle vorbei. Manchmal morgens und manchmal abends. Immer wenn er trainierte.

Er ließ es schmerzen.

Auch nach der Trauerzeit.

Das durfte nicht aufhören, selbst wenn sein Freund gute Gründe dafür gehabt hatte, den Strick dort an den Ast zu binden. Die ärztliche Diagnose war eindeutig gewesen. Und sie war gnadenlos. Und sie war verbunden mit einem Zeitlimit.

Willys Freund hatte darin seine Chance gesehen, nützlich zu sein.

Die Zeit reichte aus, sich einen Baum zu suchen und einen Strick bereitzulegen. Für alle Fälle. Im Internet hatte er gelernt, wie Fehler zu vermeiden waren. Du musst dazu etwas von Anatomie kennen und der Lage und Funktion von Blutgefäßen im Hals- und Nackenbereich. Keine Anfängerfehler. Er wollte nur einen Versuch.

Danach sollten die Schmerzen besiegt sein.

Das war seine Belohnung.

Aber alle anderen sollten ebenfalls etwas davon haben. Willys Freund wollte selbst im Abgang nützlich sein.

So war er.

Sein Abschiedsbrief ging einen vollen Tag vorher bei der Lokalredaktion ein. Darin stand nichts von der Krebsdiagnose und nichts von seinen Depressionen. Das war privat, das ging niemanden etwas an.

Darin stand nur etwas von den Beiträgen zu seiner Autoversicherung.

Obwohl sein Schadensfreiheitsrabatt von Jahr zu Jahr günstiger wurde, zahlte er trotzdem von Jahr zu Jahr höhere Beiträge. Das war widersinnig. Jedes unfallfreie Jahr kostete ihm mehr Geld. Das lag daran, dass ihn jedes unfallfreie Jahr um ein weiteres Jahr altern ließ. Das hängt zusammen, klar. Und je älter du wirst, umso mehr musst du bezahlen. Einfach nur so. Auch wenn du keine Schäden verursachst.

Das ist die Strafe dafür, dass du älter wirst.

In den Listen der Versicherungsbranche war sein Geburtsdatum inzwischen rot unterlegt. Das ging allen so, die sein Alter erreicht hatten. Je älter sie wurden, umso tiefroter wurde die Farbe und umso mehr mussten sie bezahlen.

Bessere Prozente, aber trotzdem steigende Beiträge.

Die Rabatte glichen die Steigerungen schon lange nicht mehr aus.

Altersdiskriminierung nannte Willys Freund das. Die Versicherung fand den Vorwurf gemein. Sie sprach von einem gerechten System der Risikoverteilung im Interesse der Versichertengemeinschaft. Sie meinte, alle Kunden wollten das so.

Na ja.

Dabei spielte es keine Rolle, dass Willys Freund die Versicherung in den letzten fünfzig Jahren nicht ein einziges Mal beansprucht hatte. Hatte er nicht, aber hätte er ja können, sagte die Versicherungsgesellschaft.

Statistisch.

Hätte, hätte, Fahrradkette!

Willys Freund wollte, dass alle von diesem diskriminierenden System erfuhren. Vielleicht würde der ein oder andere das auch als ungerecht empfinden und sich vielleicht dagegen auflehnen. Vielleicht würden das sogar viele tun. Vielleicht würde sich ja etwas ändern. Vielleicht würde die Welt danach ein winziges Stück gerechter werden.

Vielleicht.

Aber möglich ist das.

Willys Freund glaubte daran.

Und glauben ist wichtig.

Er hatte der Versicherung geschrieben. Eine Kopie ging an die Lokalzeitung:

Ich bin alt und ich bin solidarisch. Ich helfe gern mit, wenn ihr das wollt. Ich habe einen Strick und einen schönen Baum. Ich weiß, was ich zum Wohle der Versichertengemeinschaft mit beidem anstellen kann. Lest die Polizeimeldungen!
Es lebe die Risikominimierung!

Er schickte beide Briefe ordentlich frankiert ab. Er nahm den vorbereiteten Strick mit dem vorbereiteten Knoten, ging zu dem ausgesuchten Baum und warf den Strick dort über den Ast, wo bis heute die Rindenvernarbung zu sehen ist.

Es funktionierte beim ersten Sprung.

Die Schmerzen hörten auf.

So war das.

Ab jetzt musste er nicht mehr leiden.

Das war gut.

Die Versicherung strich ihn aus ihrer Liste mit der rot unterlegten Markierung und zahlte den unverbrauchten Jahresbeitrag an die Erben aus.

Das war fair.

Die Lokalzeitung veröffentlichte den Brief nach langer Diskussion in der Redaktion kommentarlos als Leserbeitrag auf der letzten Seite. Er erschien gleich neben dem Comic für die Kinder.

Und schon im nächsten Jahr stand der Baum wieder in frischem Grün.

Er war nie billig, aber er war immer sein Geld wert gewesen. Die Anfangsjahre, die Zeiten, in denen Willy als Türsteher und Securitymann gearbeitet hatte, waren zwar längst vorbei, aber seine früheren Chefs wollten ihn nicht vergessen. Sie verlebten ihre Lebensgewinne inzwischen in Privatfincas auf Ibiza oder den Malediven, hatten ihre Bars und Klubs und Bordelle längst an Jungspunde verkauft. Aber wenn es was zu feiern gab, wurde Willy immer noch eingeladen. Zum sechzigsten Geburtstag etwa oder zum siebzigsten oder auch zu weit höheren Zahlen.

Respekt bedeutete hier nach wie vor was.

Stell dir vor: Durchtrainierte eins neunundneunzig groß. Und weil er sich für zu klein hält, trägt Willy hochhackige Schuhe zur Ergänzung. Schuhgröße über 50.

Er hielt sich immer schon für zu klein. Vor allem wegen seiner doofen Schwester. Er hätte als kleiner Junge gern eine große Schwester gehabt, zu der er aufsehen konnte und die ihn in das Leben einführte. Aber er hatte nur eine doofe Schwester. Die konnte mit ihm nichts anfangen und er nicht mit ihr. Sie konnte ihm auch keine Ratschläge geben, wenn er ihre Kleider anprobierte. So musste er selbst herausfinden, welches Top zu welchem Rock passte und welcher Eyeliner zu welcher Mascara.

Weil er nur eine doofe Schwester hatte, wollte er selbst eine gute Schwester sein. Leider hatte er keinen kleinen Bruder, dem er das Leben erklären konnte. Seine Mutter meinte, dass Qualität und nicht Quantität entscheidend sei und beließ es bei zwei Kindern. Ein Vater hatte da nichts mitzureden, weil es einen Vater gar nicht gab.

Auf jeden Fall wurde Willy eine große Schwester, ohne kleinen Bruder.

Vorsorglich.

Hochhackige Schuhe halfen dabei. Sehr hohe hochhackige Schuhe für eine sehr große Schwester und mit einer Konfektionsgröße, die nicht alltäglich war, die aber zu ihm passte.

High Heels von der besonderen Sorte.

Sehr speziell.

Sehr spektakulär.

Brachten gute zwanzig Zentimeter mehr Körpergröße.

Mindestens.

Jedenfalls die für den Alltagsgebrauch und für die tägliche Joggingrunde. Zwanzig Zentimeter hatten sich dabei auf den unbefestigten Waldwegen bewährt. Auch zur Schonung der Gelenke und der Patellasehne.

Siebenundsechzig Jahre verlangten schon mal geringfügige Kompromisse. Kein Problem, wenn sie der Harmonie des Gesamtbildes entsprachen. Zu besonderen Anlässen durften es gern ein paar Zentimeter mehr sein. Bei besonderen Anlässen spielten Probleme der Gelenke und der Patellasehne keine Rolle mehr.

Besondere Anlässe waren schließlich der Sinn des Lebens.

High Heels mit einer Fersenkonstruktion aus Titan sind erste Wahl, wenn du einen Job als Türsteher hast.

Spezialanfertigung.

Willy hatte eine Adresse in Belgien. Antwerpen. Die Stadt mit dem zweitgrößten Seehafen Europas und Rubens' Ex-Heimat lieferte, was große Schwestern brauchten. Und das waren nicht nur Diamanten.

Wer sich auskannte, wusste dort die echten Kostbarkeiten zu finden und zu schätzen. Von Hand und mit Liebe und mit schwerem Gerät gebaut. Wenn du einem 95-Kilo-Mann den Weg versperren willst, musst du einen stabilen Stand haben. High Heels von der Stange sind was für eBay und fürs Auge und für Abschlussbälle der Realschule, aber nichts für die Arbeit auf der Straße vor den Klubs, wenn angetüterte Kegelbrüder meinen, der Zwei-Meter-Türsteher mit dem roten Lack-Mini und dem türkisfarbenen Top im Nena-Stil der Achtzigerjahre sei nur Dekoration.

Willy hatte nie den Bodenkontakt verloren. Auch nicht gegen die Skat-Mannschaft Hooligans, die meinten, drei zu eins sei eine praktikable und Erfolg versprechende Konstellation. Willy benötigte keine zwanzig Sekunden für seine pädagogische Maßnahme, dann hatte er die Hackordnung erläutert. Die drei Rettungswagen brauchten danach acht Minuten bis zum Einsatzort, die Ärzte in der Notaufnahme, die die Hooligans wieder aufbauen mussten, die halbe Nacht.

In Ordnung.

Das lag in der Norm.

Die belgischen Arbeitsschuhe gaben Willy jedenfalls in jeder Situation sicheren Halt. Der Schuster, der die bauen wollte, musste Edelstahl schweißen können. Sonst funktioniert das nicht. Das Bekleben des Metalls mit dünnem Krokoleder und die Deko mit Glitzerzeug und Diamanten war dann wieder klassische Schuhmacherkunst.

Es sollte ja nach was aussehen.

Das war wichtig.

Probleme gab es allenfalls mit dem Finanzamt. Die Mitarbeiter dort konnten die geltend gemachten Aufwendungen in vierstelliger Höhe für Arbeitsschuhe nicht nachvollziehen. Solange jedenfalls nicht, wie die Kommunikation nur fernmündlich und brieflich geführt wurde. Das änderte sich erst, als Willy persönlich vorsprach. Dann lief alles schnell und nachhaltig. Wenn ein eins neunundneunzig großer Bodybuilder im Nena-Kostüm und blonder Claudia-Schiffer-Perücke auf zwanzig Zentimeter hohen, strassbesetzten High Heels vor dir steht, hinterlässt das Eindruck.

Das muss neurologisch erst einmal eingeordnet werden.

Zack, Stempel darauf und anerkannt.

Der Beamte konnte sich später nur daran erinnern, dass da etwas gewesen war. Etwas! Etwas Großes! Ja, ein Mensch, wahrscheinlich, es konnte gehen! Es war da wegen der Arbeitsschuhe.

Gesichtszüge konnte er nicht beschreiben. Phantombild Fehlanzeige. Ein reguläres Nervenkostüm war auf Willy in Wut nicht vorbereitet.

Willy hatte ein schönes Leben. Bei einer Körpergröße von eins neunundneunzig netto und athletischen achtundneunzig Kilo, vorwiegend Muskelmasse durch tägliches Training an Gewichten und mindestens zwanzig Kilometern lockerem Trab durch die Wälder, hast du nicht viele Feinde. Selbst dann nicht, wenn du dich bezüglich deines Trainingsoutfits an Jane Fonda orientierst, wenn auch mit blauschwarzem Bartschatten auf Wangen und Kinn.

Pink und phosphorgelb und giftgrün und lila Stulpen und High Heels und blauschwarzer Bartschatten sind eine interessante Wahl.

Es gibt Leute, die sagen: Es steht ihm. Nicht alle sagen das, aber manche.

Vielleicht die Wesentlichen.

Willy hatte seinen eigenen Geschmack.

Die Anzahl der Scheiben an den Langhanteln hatte Willy an seinem fünfundsechzigsten Geburtstag erst einmal erhöht. Der jugendliche Schlendrian war jetzt vorbei. Und zum Joggen nahm er künftig den zwei Jahre alten Sohn der Nachbarin mit. Der saß in einem dreirädrigen Kinderwagen mit breiten, übergroßen Reifen. Ideal für schweres Gelände. SUV für Kids. Nicht billig. Gehobene Oberklasse.

Die Zeiten für Willys zwanzig Kilometer erhöhten sich dadurch nicht wesentlich.

Sein Kardiologe hatte zumindest keine Einwände.

Der zweijährige Fratz jedenfalls hatte knappe zwei Stunden ordentlich Spaß.

Wer Sinn für den Charme alter Häuser hat, würde das Haus vermutlich lieben. Ein Eckhaus, um die Jahrhundertwende erbaut.

Der vorletzten Jahrhundertwende.

Walmdach, helle Stuckverzierungen am Sims und um die Fenster. Die Fenster selbst sind mal erneuert worden, sind energetisch auf dem neuesten Stand. Die originalen Sprosseneinteilungen wurden optisch erhalten. Die Fassade ist blau gestrichen, teilweise verblasst, aber noch gut in Schuss. Da ist nirgendwo Putz abgebröckelt, nirgendwo gibt es feuchte Stellen, keine Risse, in denen sich Moos festsetzen könnte oder schwärzliche Schimmelsporen.

Mit diesem Haus ist jemand achtsam und liebevoll umgegangen. Das tut gut.

Mittig, auf Gehweghöhe, eine massive Eichentür mit leicht geschwungenem Sturz. Das Oberlicht in Bleiverglasung zeigt eine stilisierte Hansekogge mit geblähten Segeln. Das passt zur Stadt. Darüber, fest montiert an der Hauswand, der Kneipenname in kupferfarbigen Buchstaben: *Wohnzimmer*.

Das Kupfer der Buchstaben hat im Laufe der Jahre Grünspan angesetzt. Da hat was Geschichte. Das sieht so würdiger aus. Ehrenhaft gealtert.

Wohnzimmer, ein perfekter Name für eine Kneipe.

Wo finde ich dich heute Abend?

Ich bin im Wohnzimmer.

Klingt gut.

Gemütlichkeit, Behaglichkeit, Vertrautheit, Privatheit. Das muss eine gute Kneipe liefern. Der Name ist dabei wichtig. Ein Name ist Programm. Wohnzimmer ist ein gutes Programm.

Die Holzjalousien vor den Fenstern der Gasträume, rechts und links der Eingangstür, sind geschlossen. Seit Langem. In den Ecken haben sich Staub und vergessenes Herbstlaub verfangen. Jagdrevier für Spinnen, die dort ihre Netze gespannt haben. Durch diese Fenster wurde länger kein Sonnenlicht mehr eingefangen.

An der linken Hausseite ein schmaler Hof mit einem zusätzlichen Hauseingang. Hier stehen die Mülltonnen und ein paar ausgeschlachtete Fahrräder. Dahinter, begrenzt durch einen morschen Holzzaun, ein Stück Obstwiese mit alten Bäumen, das Gras kniehoch. Müsste mal gemäht werden.

Es sei denn, das ist ein Biotop.

Dann besser nicht.

An der rechten Hausseite gibt es einen flachen, einstöckigen, länglichen Anbau, nachlässig mit Wellblech gedeckt. Der ist jünger. Passt irgendwie nicht richtig zur Würde des Haupthauses. Funktionsbau heißt das wohl. Hat sicher seinen Sinn, allerdings keinen Stil.

Keine Fenster hier, nur eine massive Stahltür am Anfang. Auf den freien Wandflächen fantasielose Schmierereien, die wohl Graffiti sein sollen. Pinkelspuren aus Sprühdosen von Welpen, die noch keine Funktion im Rudel haben.

Langweilig.

Die beiden oberen Stockwerke des Hauses sind bewohnt. Hier wachsen Blumen in Töpfen hinter den Scheiben, da hängen Gardinen, ganz links eine schwach leuchtende Stehlampe.

Die Kneipe ist tot, aber im Haus gibt es Leben.

Ayhan hatte seinen schwarzen Audi auf der gegenüberliegenden Straßenseite geparkt. Vor einer viertel Stunde war er ausgestiegen, die Straße auf seiner Seite hochgeschlendert, hatte die Straßenseite gewechselt und war auf dem anderen Bürgersteig zurückgegangen.

Erster Kontrollgang.

Inspektionsrunde. Überblick verschaffen. Der Schauspieler nimmt Kontakt auf mit der Bühne.

Am Wohnzimmer war er kurz stehen geblieben und hatte sich eine Zigarette angezündet. Er hatte sein Handy genommen, über das Display gewischt und die Durchsicht eingegangener Nachrichten simuliert. Leute, die auf ihrem Handy wischen, fallen nicht auf, tauchen einfach ab, werden ausgeblendet, sind für andere unsichtbar.

Komische Sache das, ist aber so.

Neopsychologie.

Eine moderne Form von Übersprungsverhalten. Irrelevantes Handeln, unerwartet, immer wieder zwischendurch über das Display wischen, ohne Anlass, lässt Menschen schattenhaft werden. Perfekt, um kurzzeitig aus der Masse zu verschwinden.

Gut zu wissen.

Gut zu nutzen.

Er hatte Gelegenheit, die Klingelschilder an der seitlichen Eingangstür zu kontrollieren. Unverdächtig. Aufmerksame Augen könnten überall sein. Wenn ihn jemand beobachten sollte, würde er nicht weiter auffallen.

Carola.

Bingo!

Erster Stock. Da, wo hinter den Fenstern die Blumen standen.

Der Vorname stimmte mit der eingegangenen Kurzmeldung auf Telegram überein. Den würde er brauchen. Der Familienname war unwichtig. Da hatte jemand ermittelt, der etwas vom Geschäft verstand, und hatte sie ausgewählt. Gute Leute hatten das gemacht. Leute, die ihr Geschäft verstanden. Sie hatten Verbindungen, sammelten Informationen und werteten sie aus. Telefonbücher, Zeitungsnotizen, Vereinsnachrichten, Hinweise aus der Nachbarschaft, bei denen harmlose Mitbewohner gar nicht begriffen, dass sie eigentlich versteckte Tippgeber waren.

Wertvolle Gutgläubigkeit.

So läuft's Business.

Carola war geeignet. Das war zuverlässig. Ayhan konnte sich darauf verlassen, dass sie alt war und reich. Und allein. Saubere Opferakquise ist entscheidend. Sorgfalt ist wichtig. So, wie in jedem Job. Ein gutes Team ist der halbe Gewinn. Und sein Team gehörte zu den besten.

Die Forschergruppe hatte ihre Arbeit erledigt. Jetzt war er im Spiel. Der Läufer. Der Abholer. Er fühlte sich gut. Nur so geht's.

Selbstvertrauen war wichtig.

Er war der richtige Mann am richtigen Platz, ganz klar.

Ayhan würde übernehmen.

Er hatte genug gesehen. Er schob das Handy in die Hosentasche und schnippte die Zigarette zwischen die abgestellten Fahrräder.

Der Gemüsehändler gegenüber war ein Witzbold.

»Alles vegan«, sagte er, »selbst die Fleischtomaten.« Er war gespannt, ob der Witz zünden würde. »Verstehen Sie, selbst die Fleischtomaten.«

»Brauche ich nicht«, meinte Ayhan. Er legte keinen Wert auf Comedy.

»Na klar.« Der Gemüsehändler nickte. In Ordnung. Dann eben sachlich. »Zucchini ist im Angebot.«

»Die ältere Frau gegenüber, die, die über der Kneipe wohnt, kennen Sie die?«

»Klar, wenn Sie Carola meinen«, sagte der Händler. »Echt 'ne Superfrau. Bin nur ein bisschen jung für die.« Er grinste. »Aber Sie auch, mein Herr.« Ein Auge zwinkerte.

»Ich habe Post für ihre Tochter. Oder für ihren Sohn.«

Der Gemüsehändler verzog das Gesicht. »Inga? Kenne ich. Die wohnt hier allerdings nicht mehr. Lebt irgendwo in Südeuropa. München, oder so. Schon seit ein paar Jahren. Von einem Sohn weiß ich nichts.«

»Sicher?«

»Sicher ...« Der Gemüsehändler hob die Schultern. »Bei so einer Frau können Sie nie sicher sein.« Vielsagender Blick. »Warum soll es nicht auch einen Sohn geben, von dem keiner was weiß. So ein langes Leben bietet ja eine Menge Möglichkeiten. Wie heißt der denn?«

»Vielleicht habe ich mich ja auch geirrt«, sagte Ayhan. Nur keine Emotionen zeigen. »Aber Inga kennen Sie?«

»Na, klar.«

»Auch eine Klassefrau«, kommentierte Ayhan.

Bin vertraut mit der Familie, hieß das. Weiß Bescheid. Den Rest erzählst du mir.

Der Gemüsehändler verdrehte die Augen, sah zur Decke, wedelte vielsagend mit der offenen Hand. »Ich sage Ihnen ... bei der Mutter! – Die Gene bleiben.«

»Na klar!«

»Für Inga bin ich wohl ein bisschen zu alt«, meinte der Händler. »Passt irgendwie beides nicht. Mutter zu alt, Tochter zu jung.«

»Falsches Level«, sagte Ayhan.

Der Gemüsehändler sah ihn an. Suchte nach der Pointe.

»Warten Sie einfach ab«, sagte Ayhan. »Irgendwann passt das. So oder so.«

Der Gemüsehändler nickte. Er hob die Faust in Augenhöhe. Reckte sich. Strahlte.

»Neues Level!«, stieß er hervor. Das klang entschlossen wie ein Kampfauftrag. Seine linke Hand spielte mit den Fleischtomaten.

»Neues Level!«

Ayhan entdeckte den roten E-Scooter zuerst im Außenspiegel. Die Frau musste Carola sein. Schätzungsweise Mitte siebzig. Das Alter konnte passen. Aber die hier wirkte nicht gerade hilflos, so wie sie ihr Seniorenmobil durch den Verkehr lenkte. Das war souverän und sicher.

Schlechtes Zeichen.

Einem Autofahrer, der ihr im Kreisverkehr die Vorfahrt nehmen wollte, drohte sie mit der Faust. Genau war es nicht zu erkennen, es sah zumindest so aus, als ob ihr Mittelfinger dabei ausgestreckt war.

Ganz schlechtes Zeichen.

Selbstvertrauen ist übel.

Trotzdem musste Ayhan grinsen. Superfrau, hatte der Gemüseschwätzer gesagt. Könnte passen. Interessante Aufgabe. Seine Spezialität.

Das war kein Zombie auf diesem Seniorenmobil. Verdammt selbstbewusst, die Alte. Würde nicht einfach werden. Der Anruf musste äußerst sorgfältig aufgebaut werden. Gradlinige Dramaturgie. Nur das schaltet logisches Denken ab. Keine Floskeln. Kämpferische Frauen sind ein Risiko. Immer. Schlecht, wenn der Kopf darüber hinaus klar ist.

Klares Denken ist ein Risiko.

Eigenes Denken ist ein Risiko.

Dazu die andauernden Warnmeldungen und die Aufklärung in der Presse. Viel zu viel Aufmerksamkeit in der letzten Zeit. Wurde zunehmend schwieriger.

Harter Job.

Es gibt nur eine Lösung, dachte Ayhan, Brutalität. Nicht weichgespült, sondern erbarmungslos. Darauf sind die wenigsten eingestellt. Da fehlen die Abwehrmechanismen.

Schockanruf.

Der müsste so hart sein, dass der Verstand tillt.

Verzweiflung und Hilflosigkeit schaffen. Abstumpfen, Abhängigkeit erzeugen, die Führung übernehmen. Auswege aufzeigen. Zur Bank begleiten.

Inga in München.

Viel zu viel Alkohol nach der Feier. Überhöhte Geschwindigkeit auf dem Mittleren Ring. Inga verliert die Kontrolle. Vorfahrt missachtet. Zerfetztes Auto. Völlig ausgebrannt. Ganz schrecklich. Schwangere Frau liegt schwer verletzt im Krankenhaus. Erst zweiundzwanzig Jahre alt. So jung. Hatte das ganze Leben vor sich.

Und Inga ist schuld!

Und der Alkohol. Die junge Frau verliert vielleicht ihr Bein. Und ihr Augenlicht. Und ihr Baby.

Und Inga ist schuld!

Hilfe in einer Spezialklinik als letzte Chance. Aber Rettungsflieger sind sehr teuer. Spezialversorgung. Muss alles bezahlt werden. Ebenso die Untersuchungshaft.

Inga ist verhaftet. Sie ist ja schuld.

Darüber hinaus die Kaution. Der Staatsanwalt ist ein verdammt harter Hund. Gnadenlos. Jahrelange Haft. Inga sitzt in der Zelle und weint Tag und Nacht. Weiß nicht mehr, wie es weitergehen soll. Hat ihre gesamten Ersparnisse schon abgegeben. Viel zu wenig.

Sie weiß ja, dass sie schuld ist.

Braucht Hilfe. Auch psychologisch. Hat keine Hoffnung.

Ist suizidgefährdet, sagt die Gefängnispsychologin.

Schlimm. Sehr schlimm. Sehr gefährlich.

Inga ist ganz alleine.

Schämt sich, selbst anzurufen. Will deshalb keinen Kontakt. Ist so verzweifelt. Ist einsam in ihrer kalten Zelle. Hat nur mich, als ihren Anwalt.

Die notariell beglaubigte Vollmacht bringe ich Ihnen mit.

Er würde ihr Denken ausschalten. Das Bombardement an Grausamkeiten, Blut und Schuld würde selbst diese Carola nicht aushalten.

Gnadenlos.

Sie würde um Hilfe flehen.

Dann hätte er die Lösung für sie.

Ayhan wartete ab, bis Carola ihr Gefährt auf den kleinen Hof neben die Fahrräder gelenkt hatte und abstieg.

War das ein Besen an der rechten Fahrzeugseite?

Ayhan beobachtete Carola. Jetzt war er Jäger, Carola das Wild. Er prägte sich ein, wie sie ging, wie sie ihre Arme bewegte, ihren Oberkörper, ihre Beine, das Elektroquad abschloss, wie sie sich die Haarsträhne aus der Stirn fegte. Alles war wichtig. Alles. Jede Kleinigkeit verriet etwas von ihr. Aus allem konnte er lesen.

Er musste sie verstehen.

So konnte er sie brechen.

Ihre Bewegungen wirkten flüssig und entschlossen. Da gab es einiges an Energie. Carola war nicht der Typ, der auf ein Seniorenmobil angewiesen war. Das war klar. Da gab es noch viel zu viel Kraft.

Viel zu viel Selbstbewusstsein.

In diesem Augenblick dachte er zum ersten Mal daran, dass etwas schiefgehen könnte.

Ging schnell vorbei.

Weil er der Beste war.

Vom Auto aus rief er die Nummer an, die ihm die Forschergruppe zugeschickt hatte.

Sie hörte zu, sie glaubte ihm und sie glaubte ihm nicht. Sie musste sich setzen. Sie tastete nach einem Stuhl, sie presste den Hörer gegen ihr Ohr. Sie war nicht mehr in ihrer Wohnung, sie war nicht mehr in ihrer Küche. Sie saß nicht mehr auf einem Stuhl. Sie war nicht mehr Carola. Sie war wesenlos in einer Sphäre jenseits aller Wirklichkeit.

Wenn er sie etwas fragte, nickte sie nur. Er konnte ihre Antwort am Telefon unmöglich sehen. Er wusste auch so, dass sie nickte. Er wusste, dass sie nicht sprechen konnte. Deshalb wusste er, dass er auf dem richtigen Weg war. Er wusste, dass er sie beherrschte. Er wusste es. Er wusste alles.

Sie glaubte ihm, weil er Namen nannte, weil er ihre Handynummer hatte, weil er Details kannte, weil er sprach wie jemand, dem die Wahrheit wichtig war. Und die Sorge. Und das Mitgefühl. Weil seine Worte Sicherheit ausstrahlten. Deshalb. Überzeugend.

Sie glaubte ihm nicht, weil sie nicht wollte, dass er recht hatte. Weil es nicht sein durfte, was er erzählte. Weil sie nicht wollte, dass seine Wahrheit die Wirklichkeit war.

Sie glaubte ihm nicht, weil sie nicht wollte, dass sie hilflos war.

Das war wie früher. Dann, wenn sich die Korntrinker in ihrer Kneipe irgendwann genug dumpfen Mut gekauft hatten und ihr beim Servieren zwischen die Beine griffen oder an den Busen fassten. Dann war sie nicht hilflos. Dann antwortete sie schnell und präzise. Und nicht selten stand danach eine Nase nicht mehr so gerade im Trinkergesicht wie vorher. Im besten Falle spendierte sie anschließend eine Serviette zum Blutabtupfen. Dann war gut. Dann war alles geklärt und die Grenzen waren wieder frisch markiert.

Klarheit war wichtig. Niemals verwischte Verhältnisse!

Zu einem sauberen Leben gehören saubere Antworten, besonders auf unsaubere Fragen.

Das ist gut für die Verständlichkeit. Das ist gut für den zukünftigen Umgang. So läuft Kommunikation.

»Eine Stunde«, sagte sie leise. »Bitte, bitte geben Sie mir eine Stunde. Nur eine Stunde.« Sie legte den Hörer auf.

Sie war aufgewühlt über das, was sie soeben gehört hatte. Sie spürte die Verzweiflung, die sich wie die Arme eines schnell wachsenden Kraken durch ihren Körper presste, überallhin, lähmen wollte, ihr Herz umschloss, ihre Seele - aber noch nicht ihr Denken. Gut so. Der Ertrag ihrer Lebensschule zahlte sich jetzt aus. Harte Klasse, Leistungskurs. Das volle Programm. Härter sein als die Harten.

Sie wählte Ingas Handynummer und unterdrückte vorher die Übermittlung ihrer eigenen Nummer. Keine Zeit für Erklärungen. Nicht jetzt.

Als Inga sich meldete, legte Carola wortlos auf.

Da waren ihr Herz und ihre Seele wieder frei.

Der Krake war weg.

Ihre Wut nicht. Im Gegenteil. Die wuchs und sie wuchs mächtiger als der Krake vorher.

Es wurde Zeit für saubere Antworten auf unsaubere Fragen.

II.

Den Horror des Alterns erlebst du nicht im Wartezimmer von Orthopäden oder beim Demenzsport, sondern wenn du Sendungen mit Thomas Gottschalk ansiehst

Dilek hörte das Signalhorn der einlaufenden Autofähre auf dem Weg zu ihrem ersten Interview.

Interview! Das klang irgendwie bedeutend.

Klang leider nur so.

Der Knaller war das nicht.

Das Alter und das Altern, hatte der Chefredakteur gesagt. Das ist dein Thema. Mach was draus.

Sie war ganz und gar nicht der Meinung, dass das ihr Thema war.

Alter! - Geht's noch?

Was über Graffiti wäre schön gewesen. Oder die Musikszene. Rap von der Straße. Vielleicht Jugendkriminalität. Sex. Oder Drogen. Irgendwas, mit dem sie sich auskannte.

Aber Altern?

Wo sollte da Spannung sein, wo Aufregung? Das Alter stand eigentlich für: kurz vor vorbei. Wer, zum Teufel, sollte sich dafür interessieren?

Außer vielleicht der Teufel selbst.

Das heißt, wenn der sich interessieren würde, wäre da ja zumindest eine Spur von Spannung im Raum. Oder mal gewesen.

Netter Gedanke.

Leider nicht sehr wahrscheinlich.

Alte waren für sie Leute, die fast alles hinter sich hatten.

Ein paar Jahre Bingo spielen oder Rollatoren durch die Gegend schieben und Tschüss. Kein besonders ergiebiges Thema für einen Bericht, mit dem sie sich in der Szene etablieren könnte.

Sie sah sich in den Wartezimmern der Arztpraxen recherchieren oder als Beobachterin beim Demenzsport.

Gruselige Vorstellung.

Dann lieber über die Jahreshauptversammlung der Kaninchenzüchter berichten. Vermutlich wäre da bei Vorlage des Kassenberichts mehr Dampf in der Kanne als beim Helene-Fischer-Fernsehabend im Altersheim.

Der tiefe, sonore Ton des Schiffshorns vibrierte in ihrem Bauch. Ein Gefühl wie beim Rockkonzert dicht vor den Bassboxen war das.

Das war jedenfalls nicht schlecht.

Hinter den Wellenbrechern schoben sich die Aufbauten der Fähre gemächlich in den Hafen, eskortiert von einer Luftstaffel Möwen. Ihr Bug schob flache Wellen als Schwell in den Sportboothafen, der die Schwimmstege unterlief und für einen kurzen Moment Bewegung in den trägen Frieden der dort angebundenen Schiffe brachte.

Dilek suchte den Schiffsnamen, den ihr der Chefredakteur genannt hatte. Bula Bula. Was das bedeuten sollte, hatte er ihr nicht erklären können.

Oder wollen.

AM wohnt da, hatte er gesagt. Alle in der Stadt nennen ihn nur Alter Mann. Fang da mal an. Da hast du einen Einstieg.

Einstieg ins Alter?, hatte sie gefragt. Sie wollte provozieren, weil er sich so ein bescheidenes Thema für sie ausgedacht hatte.

Einstieg in dein Thema, hatte er nur geantwortet. Denk

darüber nach. Schreib auf, was dir dazu einfällt. Das hat Potenzial. Jede fünfte Person in Deutschland ist mittlerweile über sechsundsechzig. Und es werden immer mehr. Horror oder Chance? Du hast freie Hand. Keine Vorgaben. Einfach mal loslegen. Über Feinheiten und Stil reden wir später.

Das war's!

Und jetzt stand sie hier am Hafen, suchte jemanden, der Alter Mann genannt wurde, und auf einem Schiff lebte, das Bula Bula hieß.

Horror oder Chance?

Sie hatte das Gefühl, die Antwort zu kennen.

Und es war nicht die Chance.

»Jo«, sagte der Hafenmeister, den sie nach der Bula Bula gefragt hatte. »Klar, kenne ich die. Klassischer Kotter aus holländischem Werftbau.«

»Klassisch heißt alt?«, fragte Dilek. Sie hatte es schon geahnt. »So was wie ein Oldtimer?«

Der Hafenmeister hob die Augenbrauen und zog die Mundwinkel nach unten.

Hatte sie was Falsches gesagt?

»Oldtimer gibt's bei Autos, nicht bei Schiffen«, sagte der Hafenmeister. »Es gibt nur gute Schiffe und es gibt Schiffe. Und ja, die guten Schiffe sind meistens alt. Das ist so und fertig.«

Keine Widerrede! Das sagte er nicht, aber der Satz hing in der Luft.

Er deutete auf die letzte Stegreihe des Sportboothafens. »Da drüben. Zwei Masten, 13,40 m über alles.«

»Über alles?«

»Jo.« Der Hafenmeister nickte.

Das war's.

War alles gesagt.
Na gut. Dann eben so.

Als die Bugwelle der Fähre durch den Hafen rollte, lehnte sich die Bula Bula träge gegen ihre Fender, wie ein Schläfer, der kurz einmal besonders tief durchatmet, lag danach wieder ruhig.

Eine schmale, nur etwa vierzig Zentimeter breite Holzplanke führte von der Kaimauer auf das Deck.

Über das Wasser!

Und kein Geländer!

War sie vielleicht Artist?

Eine echte Hürde für eine Landratte. Zu allem Überfluss hatte sich unmittelbar vor diesem schmalen Brett ein Hund gelöst und niemand hatte hinter ihm sauber gemacht. Eine stinkende Hinterlassenschaft lag da. Mitten im Weg.

Sauerei!

Ein großer Schritt darüber und Dilek stand auf der Planke. Der Steg war feucht und glitschig und instabil. Unter ihr gluckste das Hafenwasser.

Na toll!

Sah so eine echte journalistische Aufgabe aus?

Horror oder Chance?

Dilek beugte sich vor, wagte einen mutigen Schritt, war am Schiff, umklammerte die Reling.

Geschafft!

Sie hatte keine Ahnung, wie man sich bei Bootsbesuchen anmeldete. Eine Klingel gab es nicht.

Mit der Faust klopfte sie gegen den Rumpf.

Sie war es sich selbst und ihrem Leben schuldig

Carola hörte das Signalhorn der einlaufenden Fähre auf dem Weg zur Bank.

Sie wusste, dass jetzt der Schwell der Bugwelle durch den Hafen laufen würde. So war es immer. Sie kannte das. Die Bula Bula würde sich ganz leicht wiegen, die Fallen würden an den Holzmasten den Meerestakt klopfen, und AM würde am Tisch in der Kajüte sitzen oder an Deck stehen und lächeln.

Lächeln, weil das Leben und die Bewegungen des Meeres stets ein Lächeln in sein Gesicht zauberten.

Das Meer schenkt Zufriedenheit.

Genau dieses Lächeln hätte sie jetzt gern neben sich gehabt.

Ganz nah.

In diesem Augenblick brauchte sie es dringender als irgendetwas sonst. Sie brauchte es gegen die inneren Zweifel. Gegen die innere Angst. Gegen den Horror. Sie brauchte es als Bestätigung für das, was sie jetzt tun wollte, was sie tun musste.

Aber AM war nicht da.

Nur die Zweifel waren da, die Angst war da, der Horror war da.

Sie war damit allein.

Brich ab! Noch geht das! Wie ein Blitz schoss dieser Gedanke durch ihren Kopf. Der Blitz wurde zu einem Feuerwerk, abgefeuert aus einem Stroboskop.

AM würde nicht wissen, was gerade geschah.

Sie war sich nicht sicher, ob er es billigen würde.

Vielleicht ja.

Vielleicht.

Seine Meinung wäre ihr wichtig gewesen. Es würde ihr helfen. Ganz gleich, wie sie ausfiel.

Entscheiden würde sie allein.

Viermal hatte sie versucht ihn anzurufen. Sie hatte ihn nicht erreicht. Dann war sie losgefahren. Allein. Es war ihre Idee, ihr Plan. Sie konnte nicht länger zögern.

Vermutlich hatte AM sein Handy irgendwo abgelegt oder die Signale auf stumm gestellt. Andauernde Erreichbarkeit zerstört die Lebensqualität. Das war seine Überzeugung. Das war auch ihre Auffassung. Von jeher. Bis jetzt. Aber jetzt könnte diese Einstellung nicht nur die Qualität, sondern ihr Leben als Ganzes zerstören.

Zu spät.

Sobald sie das Haus verlassen hatte, konnte sie nicht mehr anrufen. Das würde alles zerstören.

Sie steuerte das Elektromobil rücksichtslos durch den Verkehr. Ihre Hände am Lenker waren verkrampft. Sie missachtete Verkehrsregeln, Zeichen und Ampeln, die Vorrechte der Fußgänger, ignorierte, dass andere Verkehrsteilnehmer mit ihren Fahrzeugen viel, viel stärker und schneller waren als sie und ihr Seniorenmobil.

Keine Zeit für Regeln.

Sie fuhr, wie sie nicht einmal in den dunkelsten Zeiten Motorrad gefahren war, damals, als es ihr wirklich dreckig ging.

Volles Risiko.

Es musste sein.

Sie war es sich selbst und ihrem Leben schuldig.

Ihrer Selbstachtung.

Und damit erloschen die Blitze aus dem Stroboskop.

Sie war stark!

Sie befuhr die innere Spur des Kreisverkehrs, zog nach rechts, ohne nach hinten zu sichern oder Zeichen zu geben. Fünfundzwanzig Stundenkilometer, dort wo alle anderen fünfzig oder sechzig fuhren. Jemand hupte, irgendwo hinter ihr radierte Reifengummi auf dem Asphalt, als sich Füße auf Bremspedale pressten. Sie war sich sicher, dass in diesem Augenblick in einer Menge Fahrerkabinen eine Menge schmutziger Worte von innen gegen die Windschutzscheiben gebrüllt wurden. Diese Worte betrafen sie. Sie wusste es.

Verrückte Alte!

Das gehörte dazu.

Sie zwang sich dazu, nicht zu lächeln.

Auch High Heels brauchen eine Dusche

Willy hörte das Signalhorn der einlaufenden Fähre bei der Rückkehr von seiner täglichen Joggingrunde.

Der kleine Sohn der Nachbarin war von ihm mit roten Bäckchen von einer aufregenden Zehn-Kilometer-Tour durch wildes Gelände wieder bei seiner Mama abgeliefert worden. Der Kleine war aufgedreht und hungrig, der Kinderwagen bis über die Dachhaube schlammbespritzt wie das Siegerfahrzeug bei der Rallye Paris-Dakar nach einem Wolkenbruch.

So darf Material aussehen, wenn ein Kinderausflug erfolgreich war.

Das strahlende Gesicht des Jungen sah genauso aus.

Tough mudder at its best.

Willy trabte locker nach Hause, damit sich sein Pulsschlag langsam auf Normalniveau einpendeln konnte. Danach musste er unter die Dusche.

Seine High Heels auch.

Neben der Litfaßsäule vor dem Einkaufszentrum stand ein Mann mit einem Nudeldurchschlag auf dem Kopf. Schwer einzuschätzen, wie alt er war. Vielleicht fünfundfünfzig und verlebt oder hundertsieben und noch ganz gut dabei. Irgendwo dazwischen. Die Haut novembergrau, die Augen tief in ihren Höhlen, mit einem matten Glanz wie das Watt bei Ebbe. Mit so einem Gesicht hat er nichts zu lachen. Er könnte Modell stehen für Warnhinweise auf Zigarettenschachteln.

Der Durchschlag auf dem Kopf war mit Alufolie umwickelt, die Enden zu zwei seitlichen Antennen verdreht.

Schick für alle, die intellektuell auf dem Fashionniveau der Teletubbies stehen.

Er hielt ein selbst gemaltes Schild in den Händen.

Mein Kopf gehört mir, stand da.

Ah ja!

Dummheit schämt sich nicht mehr. Stellt sich öffentlich zur Schau. Dummheit hält sich für eine Alternative in Deutschland.

Mein Kopf gehört mir!

Er hatte ja recht.

Wenn man allerdings mal so weit ist, so etwas auf ein Plakat schreiben zu müssen und sich damit stundenlang in die Stadt zu stellen, stimmte irgendetwas nicht mehr. Mit der Stadt vielleicht, aber nicht mehr mit dem Kopf.

Auf jeden Fall war er einsam. Das stand fest. Sonst würde er hier nicht alleine an der Litfaßsäule stehen, sondern mit Gleichgesinnten, die alle alubezogene Nudeldurchschläge auf dem Kopf tragen, die neuesten wissenschaftlichen Erkenntnisse aus Groschenheften diskutieren.

Klar, er durfte hier stehen. Keine Frage. Auch ohne Gleichgesinnte. Er durfte das, weil es ihm guttat. Er brauchte das und er konnte nicht anders.

Genau deshalb war es traurig.

Willy blieb stehen. Jetzt, wo der Laufwind nicht mehr kühlte, hatte sich ein feiner Schweißfleck auf dem malvenfarbenen Leibchen in Brusthöhe gebildet.

»Schuld sind die Frauen«, sagte Willy. »Frauen haben die Macht. Die großen Schwestern hätten frühzeitig eingreifen müssen.«

Der Mann mit dem Nudeldurchschlag sah ihn erstaunt an, musterte ihn von der blonden, schlammbespritzen Claudia-Schiffer-Perücke bis runter zu den lehmverschmierten

Strasssteinen der Lauf-High-Heels, freute sich wohl, dass ihn jemand wahrnahm.

»Freies Denken«, antwortete er.

Da war ein Leuchten in seinen Augen.

»Genau!«, sagte Willy. »Freies Denken. - Vor allem Denken! - Die Freiheit kommt dann von allein.«

Zerrissenes Autoblech, und eine Tochter, die sich die Pulsadern aufschneidet

Das war nicht der Weg zur Bank!

Als die einlaufende Fähre ihre Signaltöne über die Hafeneinfahrt schickte, stürmte Carola aus dem Haus. Ayhan hatte den Audi auf der gegenüberliegenden Straßenseite geparkt und gewartet. Jetzt stieg er aus. Ein Seniorenmobil lässt sich in der Stadt leichter und unauffälliger zu Fuß verfolgen.

Carola war in seiner Macht. Das spürte er. Sie blickte nicht nach rechts oder links, setzte sich auf ihr Elektrofahrzeug und verließ die Hofeinfahrt. Ein Linienbus musste ausweichen. Sie achtete nicht auf den Verkehr, fuhr panisch, unkontrolliert, wie ferngesteuert.

Sie war ferngesteuert.

Von ihm.

Sie war fertig.

Durch ihn.

In ihrem Kopf würde immer derselbe Film ablaufen: Ihre Tochter, betrunken, ein Autounfall, eine schwer verletzte, schwangere Frau in dem anderen Auto. Und die Schuld. Ingas Schuld. Eine selbstmordgefährdete Inga in der Arrestzelle. Ein Film, dessen Autor und Regisseur er war.

Genial.

Ayhan war so stolz auf sich. Er verfolgte die Frau, beobachtete sie von der anderen Straßenseite aus, nutzte Passanten als Deckung, obwohl er sich sicher war, dass Carola ihn niemals wahrnehmen würde. Sie würde nur Blut sehen, zerrissenes Autoblech, ein sterbendes Baby und ihre von Schuldgefühlen zerfressene Tochter, die sich im

Untersuchungsgefängnis die Pulsadern aufschneidet. Alles lief genau so ab, wie er es geplant hatte. Er genoss die Angst und die Panik der Frau. Er genoss es, weil es sein Werk war.

Er hatte die volle Kontrolle.

Carola verließ den Kreisverkehr.

Ayhan verkrampfte sich.

Eine Ausfahrt zu früh.

Das war nicht der Weg zur Bank!

Interessanter Typ, so auf den ersten Blick.

AM reichte Dilek die Hand, fester Griff, ein kräftiger Zug und es ging nach oben. Sie stand schneller auf dem Deck der Bula Bula, als sie denken konnte.

»Willkommen an Bord«, begrüßte AM sie. »Kaffee ist fertig.«

Er führte sie durch das Steuerhaus mit Steuerrad und nautischen Instrumenten und deutete auf eine schmale, aber sehr steile Treppe, die von da tief hinab ins Innere des Schiffes führte.

Niedergang, nannte er das.

Dilek hoffte, dass das nicht wörtlich zu nehmen war.

Der Bauch des Schiffes war geräumiger, als sie sich das von außen vorgestellt hatte.

Und viel gemütlicher.

Die Wände waren mit massivem Mahagoniholz vertäfelt, Leisten und Freiflächen grün gestrichen. Die Decke wurde von leicht geschwungenen Balken getragen, deren Auflagen an den Enden mit Schnitzereien verziert waren. Dort baumelte an einer Messingkette eine Petroleumlampe, die wie das Pendel eines Hypnotiseurs hin und her schwang. Maritime und meteorologische Instrumente in polierten Messinggehäusen hingen an den Wänden.

Messing und Mahagoni. Perfekte Kombination.

Es gab offene Schrankfächer mit Büchern, andere waren mit bleiverglasten Türen verschlossen. In einer Ecke stand ein gusseiserner Ofen. Alles wirkte warm und behaglich.

Gemütlich.

Vom ersten Augenblick an fühlte sie sich hier wohl.

Da stimmte einfach alles. Die Farben, die Einrichtung, der Geruch, die ganze Atmosphäre, die unaufdringliche, freundliche, aber selbstsichere Art von diesem AM.

Alter Mann.

Wirkte gar nicht so.

Es gibt nur gute Schiffe und es gibt schlechte Schiffe, hatte der Hafenmeister gesagt. Und die guten sind meistens alt.

Interessante These.

Mal sehen, wie das bei den Menschen ist.

Hier passte alles zusammen.

Sah zumindest so aus.

Vielleicht lag das an der sanften, einlullenden Bewegung des Schiffes. Es war Dilek so, als ob das Schiff sie im Arm hielte wie eine Mutter, sie beschützen und trösten wollte, obwohl sie im Augenblick gar keinen Schutz und keinen Trost brauchte.

Trotzdem tat das gut.

So etwas tut immer gut.

Auf dem Tisch standen Tassen, ein Milchkännchen mit heißer Milch, eine Zuckerschale. Es roch nach frisch gebrühtem Kaffee. Sie legte das Aufnahmegerät, das sie sich in der Redaktion ausgeliehen hatte, auf den Tisch, drückte ein paar Knöpfe.

»Geht's sofort los?«, fragte AM.

»Ich bin bereit«, sagte Dilek.

»Horror oder Chance?«, fragte Dilek und AM musste lachen.

»Beides natürlich«, sagte er. »Rücken, Hüfte, Knie und Prostata auf der Horrorseite. Auf der anderen Seite hast du die Möglichkeit, ein bisschen verrückt zu sein. Wenn du albern oder übermütig bist, musst du im Alter keine

Angst mehr haben, deine Karriere zu versauen. Das ist die Chance.«

»Hm«, meinte Dilek. »Kein besonders erstrebenswerter Deal.«

»Nein. Die Preisgestaltung liegt aber nicht in deiner Macht. Dein Körper baut in einer Geschwindigkeit ab, auf die du kaum Einfluss hast. Aber was in deinem Kopf passiert und was du an Verrücktheiten zulässt, das kannst du sehr wohl steuern. Und mit jeder Verrücktheit verlangsamt sich gleichzeitig das Tempo des körperlichen Verfalls.«

»Hoppla – Verrücktsein als Therapie?«

»Every joke is a tiny revolution«, sagte AM. »Der Satz stammt von Tuli Kupferberg. Der Name sagt dir wahrscheinlich nichts. Wenn er noch leben würde, wäre er heute ein sehr, sehr alter Mann.«

»Was mir nichts sagt, wird gegoogelt«, meinte Dilek. »Das sagt eine sehr, sehr junge Frau.«

Das war gut.

AM zeigte ihr den aufgestellten Daumen.

Sie verließen die Kajüte und stiegen den Niedergang hoch, gingen durch das Steuerhaus auf das offene Deck des Schiffes. Vom Meer her wehte ein warmer Wind, der einen ganz leichten Salzgeschmack auf die Lippen legte.

Fahr los!, flüsterte der Wind. Hierher!, lockte der Horizont.

Wenn man erst einmal auf einem Schiff stand, war alles möglich. Eine besondere Magie.

»Bula Bula, so begrüßen sich die Einwohner auf den Fidschi-Inseln in der Südsee«, sagte AM. »Langes und gutes Leben, heißt das.«

»Ein passender Name für ein Schiff«, sagte Dilek.

»Und ein Schiff ist gut fürs Leben«, ergänzte AM.

Langes und gutes Leben.

Wäre ein schöner Titel für meinen Artikel, überlegte Dilek.

Würde vielleicht passen.

Besser als Horror oder Chance.

Mal sehen.

Die hölzernen Deckstühle auf dem Heck des Schiffes sahen einladend aus. Dilek setzte sich, klappte die Rückenlehne zurück, schloss die Augen. Bequem. Ihre Haut war bereit für eine Dosis Sonnenstrahlen. Schön, dass die da waren. Für Mai ganz schön anständig. Und da deutete sich mehr an.

Gute Perspektive.

»Siehst du die Palmen und hörst du das Meeresrauschen?«, fragte AM.

Dilek nickte mit geschlossenen Augen.

»Und es riecht nach frisch gefangenem Fisch und irgendwo bläst jemand auf einer Muschel ein Signal.«

»Genau so«, sagte AM. »Es gibt ein Lied aus der Südsee, ein Lied der polynesischen Ureinwohner. Der Refrain lautet: Wenn ich träume, möchte ich niemals schlafen.«

»Das klingt schön.«

»Das *ist* schön!«

»Und das ist mutig!«

»Ja, dazu gehört auch Mut«, sagte AM. »Viele Alte träumen nur von der Vergangenheit. Das ist ihr Fehler. Was vorbei ist, ist vorbei. Sich daran zu erinnern, ist gut, davon zu träumen, ist nutzlos und traurig. Träumen musst du immer von der Zukunft. Und immer dann, wenn du wach bist.«

»Also kein Horror, dafür mehr Chance?«

»Nur wenn es den Alten gelingt, ein heilsames Chaos zu

schaffen. Ein allumfassendes, sehr gesundes Durcheinander. Eine bunte, lebensfrohe Gesellschaft. Sehr viel Spaß und Verrücktheiten. Alle profitieren letztlich davon. Klar, das gibt zum einen sehr viel Aufregung, zum anderen wäre das gut für den Kreislauf. Und dann hätten wir sehr viel gesundes, altes Leben.«

»Bin dabei«, sagte Dilek. »Eine schöne Vorstellung.«

»Na klar«, sagte AM.

In dem Moment vibrierte das Handy auf dem Tisch. AM klappte den Schutzdeckel auf. Seine Telefongesellschaft teilte ihm per SMS mit, dass Carola viermal vergeblich versucht hatte, ihn anzurufen.

Er aktivierte den Rückruf.

Carola meldete sich nicht.

Was sollte das?

Ayhan suchte in seiner Jackentasche nach der Zigarettenpackung. Sie fuhr nicht so, wie sie programmiert war. Sie fuhr nicht zur Bank. Seine rechte Hand zitterte und das Feuerzeug rutschte ihm aus der Hand. Er kickte es unter ein geparktes Auto, zerdrückte die kalte Zigarette und warf sie auf den Boden.

Was lief da ab?

Eigentlich müsste er sie jetzt anrufen. Den Druck verschärfen. Mehr Horror liefern, mehr Verzweiflung. Den ersten Selbstmordversuch von Inga. Bilder von Pulsadern, die mit einer geklauten rostigen Schraube aus dem Bettgestell des Untersuchungsgefängnisses aufgerissen wurden.

Blutige Hautfetzen.

Das wäre fällig.

Er müsste sie einfangen, wieder zu einem Zombie machen.

Zu seinem Zombie.

Viel zu spät. Er konnte sie nicht anrufen. Nicht in diesem Moment. Um sie herum waren Menschen. Wenn sie schreien würde oder schluchzen oder weinen, wenn er überzog, würde sich vielleicht jemand um sie kümmern wollen.

Ganz schlecht.

Oder sie würde zusammenbrechen. Dann wäre alles vorbei.

Also erst einmal warten. Beobachten. Den passenden Augenblick erwischen.

Verdammt, er war gut! Er war Profi. Er hatte schon Summen transferiert, von denen ganze Großfamilien ihr

Leben lang existieren konnten. Inklusive Luxusauto und Jacht und Urlaub in der Karibik.

Diese abgelebte, alte Frau auf dem Seniorenmobil mit dem albernen Besen an der Seite würde ihm nicht entkommen!

Er war besser als sie!

Viel besser!

Ganz klar.

Er war stärker!

Gegenwartshorror auf Titelbildern – und sie mittendrin

Carola stieg ab, ein paar Schritte, sie stieß die Tür auf und betrat Theos Kiosk.

Sie zögerte. Ihre Knie zitterten. Tief durchatmen, konzentriert und gleichmäßig. Autogene Beruhigung. Das beherrschte sie. Wer jahrelang eine Kneipe geführt hat, der kann das. Überlebensstrategie.

Weiter.

Rechts das Illustriertenregal.

Drei Meter lang und übermannshoch. Die Titelblätter von vorne sichtbar, sauber nebeneinander aufgereiht, aufdringlich. Wimmelbilder. Bunt und grell und gleichförmig. Thomas Gottschalk, Herzogin Meghan mit Dieter Bohlen und Prinz Harry mit Angela Merkel, daneben Helene Fischer und Florian Silbereisen. Gesichter aus einer missgestalteten Zwischenwelt. Es war wie der Gang durch eine Geisterbahn. Durch eine sehr, sehr alte Geisterbahn.

Aus der Zeit gefallen.

Gegenwartshorror.

Futter für Leute, die den Kontakt zum echten Leben längst verloren hatten.

Carola war mittendrin.

Sie fand das Fach mit den Büromaterialien. Gut sortiert. Stifte, Hefte, Tinte, Briefkuverts, Postkarten, Beileidskarten, Geburtstagskarten. Sie blätterte zwischen den großen Umschlägen. DIN-A5, DIN-A4, DIN-A3. Alles sauber geordnet. Sie entschied sich für die größte Versandtasche, mit Luftpolstern verstärkt.

Theo stand hinter der Kassentheke und stempelte einem

anderen Kunden den Lottoschein ab. Er blickte auf, sah zu ihr rüber, nickte ihr zu.

Carola versuchte ein Lächeln.

Theo kassierte den Lottoschein.

Carola nahm den mittleren Gang, vorbei an den Süßigkeiten. Sie sah, dass Theo abgelenkt war, die Kassenschublade öffnete und Wechselgeld zählte. Carolas Handinnenflächen wurden schweißnass. Jetzt spürte sie ganz deutlich ihren Herzschlag. Sie fühlte ihn als dumpfes Pochen an ihren Halsschlagadern.

Dann war es vorbei.

Geschafft.

Der Lottokunde verabschiedete sich. Carola ging zur Kasse, legte den Briefumschlag auf die Theke. Theo nannte einen Preis, Carola bezahlte mit einem kleinen Schein, trotzdem viel zu viel. Sie winkte ab, als Theo herausgeben wollte. Sie nahm den Umschlag mit der rechten Hand, drehte sich um, verließ den Laden. Der linke Arm war fest an ihren Unterleib gepresst.

Ihr geht's nicht gut, dachte Theo. Die Schweißtropfen auf Carolas Stirn waren ihm nicht entgangen.

»Bis zum nächsten Mal!«, rief er ihr nach.

Carola antwortete nicht. Die Tür schlug hinter ihr zu.

Bei den Schokoriegeln war eine Lücke, die da nicht sein durfte.

Nüsse und Mandeln.

Was wird wohl deine Mutter sagen, wenn du heute Abend ohne Zähne nach Hause kommst?

»Ganz schön mutig!«

Der Bursche trug ein schwarzes Tuch um die Stirn gebunden und eine rote, aufgeplusterte Bomberjacke. Die Fäuste waren in die Seitentaschen gestemmt.

»Bulle, was?«

»Verpiss dich«, sagte Ayhan. Er hatte den Typen gar nicht kommen sehen. Der musste vorher unter den Arkaden bei den Geschäften gelungert haben. Jetzt schlenderte er auf ihn zu und nervte.

Und gefährdete seinen Job.

Ayhan stand hinter einem Paketwagen der Post und beobachtete den Kiosk durch die Seitenscheiben. Gute Tarnung. Guter Sichtschutz. Alles gut, bis auf den Typen mit dem Piratentuch.

»Normalerweise traut ihr euch doch nur hierher, wenn ihr viele seid«, sagte der Bursche.

Er fing an, melodisch und fließend zu sprechen, bewegte dabei Schultern und Kopf in einer Choreografie, die nur er verstand. »Mindestens zu zweit! - Oder zu dritt! - Manchmal zu viert! - Oder mit 'ner Hundertschaft. - Hundertschaft mit Hunden. - Hunde bringen Sicherheit ...«

Er imitierte dazu einen simplen Schlagzeugsound, der tief in seinem Kehlkopf begann und sich durch zusammengepresste Lippen einen Weg bahnte. Didgeridoo für Arme.

Ayhan sah Carola durch die Schaufensterscheibe, sah, dass sie einen großen Briefumschlag ausgesucht hatte und damit zur Kasse ging. Er lächelte.

Jetzt endlich verstand er.

Na klar.

Den brauchte sie.

»Gut«, sagte er. »Sehr gut.«

Ohne es zu merken hatte er laut gesprochen.

»Findest du?«, meinte der Bursche in der Bomberjacke. »Ganz schönes Risiko, so ganz alleine hier bei uns rumzustreifen. Wir sind nämlich die Bösen - Buh!«

Da war ein drohender Unterton in seiner Stimme. Eine ironische Drohung.

»Vielleicht bist du sogar ein verdeckter Ermittler«, spottete der Bursche. »Klar, könnte sein. Geheimauftrag, was?«

Er tänzelte um Ayhan herum. Die Schrittfolge geprägt von Rapmusik aus den Ohrhörern.

»Geht's um den Kiosk? - Es geht um den Kiosk! - Ja, um den Kiosk. - Hundertschaft im Kiosk. - Wo sind die Hunde? - Hunde im Kiosk.«

Er hatte die Hände aus den Taschen genommen und stieß sie rhythmisch in die Luft, dirigierte damit seine Worte nach einer Melodie, die nur er hörte.

Ayhan drehte sich unvermittelt und sehr schnell um. Jetzt stand er breitbeinig vor dem Burschen, die Knie leicht angewinkelt. In der rechten Hand lag ein Totschläger, der mit einem metallischen Klicken teleskopartig ausfuhr.

»Was wird wohl deine Mutter sagen, wenn du heute ohne Zähne nach Hause kommst?«, meinte Ayhan leise.

Der Bursche sprang zurück, hob die Hände abwehrbereit bis in Schulterhöhe.

Schluss mit Rapmusik.

»Ruhig, Alter. Entspann dich. Ganz ruhig!« Er ging langsam rückwärts dabei. Keine unbedachte Bewegung. Bloß keine Provokation.

Er wurde erst mutiger, als der Abstand ausreichend war. Zehn Schritte sind schon mal ganz gut.

»Ich wette, deine Freundin ist in Urlaub«, sagte er. »Dann passiert so was. Dann platzt das Ventil. Kenn ich. Kenn ich alles. Lebenserfahrung.«

Er drehte sich um und verschwand in der Nebengasse unter den Arkaden. Wartete nicht auf den Fortgang der Eskalation.

»Loser!«, meinte Ayhan. Die Schlagstockelemente glitten ineinander. Passten so wieder in seine Innentasche. Er sah sich um. Keine Passanten in der Nähe. Niemand hatte den Vorfall beobachtet.

Gut.

Ayhan sah, dass Carola ihr Elektroquad startete. Der große Briefumschlag lag neben ihr auf dem Sitz.

Reicht aus, wenn die Scheine groß genug sind, dachte Ayhan.

Er fühlte sich gut.

Er war der Beste!

Carola nahm den Weg zur Bank.

»Wir gehören einer Generation an, die alle Bundeskanzler dieser Republik erlebt hat«, sagte AM. »Na gut, die ersten sicher nicht ganz so aufmerksam und intensiv. Winnetou war damals bei mir viel interessanter als Adenauer.« Nach einer kurzen Pause ergänzte er: »Wäre er vermutlich heute immer noch. Na ja, jedenfalls waren wir schon da.«

»Wir sind heute da«, sagte Dilek. »Und irgendwann werden wir womöglich unseren Nachkommen ähnliche Sprüche vorsetzen können.«

»So ist das Leben«, entgegnete AM. »Es geht weiter, trotzdem bleibt es stets irgendwie ähnlich.«

Dilek nickte.

»Denkst du eigentlich oft an den Tod?«

»Warum sollte ich? Nur weil du vielleicht meinst, dass ich dem Tode näher bin als du?«

»Früher oder später sitzt uns allen der Tod im Nacken. Unabhängig vom Alter. Das ist Mathematik und Statistik«, erwiderte Dilek.

»Der Tod sitzt nicht im Nacken«, sagte AM. »Das ist eine falsche Metapher von Leuten, die vom Tod keine Ahnung haben. Der Tod kommt ausschließlich von vorn. Irgendwann siehst du ihn. Er lächelt dich an. Gut, wenn du zurücklächeln kannst. In dem Fall ist alles einfach. Deine Chancen werden so nicht besser, aber es tut dann nicht weh. Nur bis es so weit ist, spielt er keine Rolle. Der Tod ist nicht wichtig für mein Leben. Nicht hilfreich. Fuck, Sensenmann! Komm her, wenn du was willst! – Wenn nicht, troll dich in dein Reich.«

»Das ist jetzt der Moment, wo ich gern noch eine Tasse

Kaffee trinken würde«, meinte Dilek. Und während AM aufstand, die Thermoskanne nahm und ihre Tassen erneut auffüllte, spielte sie nachdenklich mit der Tastatur des Aufnahmegeräts.

Das lief hier ein wenig anders, als sie befürchtet hatte. Hatte interessante Aspekte das Alter.

Die Bula Bula wiegte sich leicht auf den Wellen, die in die Hafeneinfahrt spülten.

»Ich bin sehr gespannt«, sagte AM. »Ich bin gespannt darauf, wie du das alles in deinem Artikel verarbeiten wirst. Und ich bin gespannt darauf, wie sich Carola und Willy dazu äußern und was sie dazu ergänzen werden. Mit denen hast du die richtigen Interviewpartner für deinen Bericht ausgesucht. Eine gute Wahl.«

»Vorschlag vom Chefredakteur«, sagte Dilek. »Ihr seid hier nicht ganz unbekannt.«

Als AMs Handy läutete, stellte er die Thermoskanne gar nicht erst ab, schnappte sich das Gerät mit der freien Hand.

Carola, endlich, dachte er.

Als er Theos Stimme hörte, wusste er, dass es ein Problem gab.

»Es gibt ein Problem«, sagte Theo.

»Wir hatten verabredet, dass du mich nur anrufst, um mir sechs Richtige mit Zusatzzahl zu melden!«

»Du musst herkommen! In den Kiosk. Sofort!«

Der Stumme führt die Blinde – oder ist das umgekehrt?

Stell dir vor: AM nimmt das Fahrrad, das geht schneller.

Der Ostwind hat sich inzwischen schlafen gelegt, aber die Wärme zurückgelassen. Ein hellgrauer Schleier liegt vor der Sonne und überzieht den Himmel. Mücken und andere Insekten trauen sich aus ihren Hinterhalten. Sie klatschen mit dem Fahrtwind in AMs Gesicht und kleben auf der schweißfeuchten Haut. Er fährt schnell. Er fühlt, dass irgendetwas nicht stimmt. Er weiß, dass Zeit jetzt wichtig ist.

Der Weg quer über den Parkplatz am Supermarkt ist eine Abkürzung. Harte Slalomfahrt um gemächlich schlendernde Leute mit Einkaufswagen herum, für die das Shoppen Lebensinhalt zu sein scheint. AM fährt dicht an ihnen vorbei, für manche zu dicht. Sie schrecken auf aus ihrer Einkaufslethargie. Er weicht aus, gibt Warnsignale, lässt die Leute schimpfen und verlangsamt nicht.

Am Ende des Parkplatzes steht eine Blinde, die von einem Stummen geführt wird. Beide haben ungelenk gemalte Pappschilder um den Hals hängen. Blind. Stumm.

Damit weiß jeder Bescheid.

AM hat vor wenigen Wochen von einem Duo in der Zeitung gelesen, die in der Nachbarstadt vor einem Supermarkt gebettelt haben sollen. Sie haben als Blinde und Stummer an das Mitleid appelliert. Sie haben vorzugsweise alte Leute angesprochen, alte Frauen mit Rollatoren oder Gehhilfen. Es war nur eine Vermutung, aber wenn die Alten unbeholfen ihre Geldbörsen aus ihren Einkaufstaschen gezogen hatten, um zu helfen, sollen die beiden sehr geschickt und unbemerkt die großen Scheine herausgefischt haben. Damit waren sie wohl sehr erfolgreich.

Zum Kotzen!

AM war beim Lesen des Artikels so wütend geworden, dass er sich vorstellen konnte, straffällig zu werden, sollte er jemals solche Gaunereien selbst beobachten. Die Grenzen zur Körperverletzung sind bei Erregung schnell überschritten. Wäre nicht gut, das ist klar. Aber die Anteilnahme und Liebenswürdigkeit der Schwächsten und Ärmsten auszunutzen, gehörte mit zu dem Übelsten, das er sich vorstellen konnte.

AM prägt sich die Gesichter der beiden ein und rauscht im höchstmöglichen Gang an ihnen vorbei.

Keine Zeit. Später mehr.

Noch fünfhundert Meter. Dann öffnet sich die Straße zum Neuen Fischmarkt.

Er sieht bereits die Leuchtreklame: Versorger MS Theo.

Ihr Handy steckte in der Halterung neben dem Lenkradschloss. Das Display wurde hell und sein Foto leuchtete auf.

AM ruft an.

Da war es. Da war sein Lächeln. Nur eine Sekunde lang rutschte ihr Fuß vom Gaspedal. Nur eine Sekunde lang löste sich ihre rechte Hand vom Lenker und wollte über die grüne Taste wischen.

Schnell vorbei.

Sie atmete tief durch, presste die Luft mit Kraft in ihre Lunge, so lange, bis sie das Gefühl hatte, zu platzen. Tränen traten in ihre Augen. Aber ihr Fuß blieb auf dem Gaspedal, ihre rechte Hand blieb am Lenker. Sie wischte nicht über die grüne Taste.

Sie fuhr weiter.

Sie blickte auf sein Gesicht, so lange das Telefon läutete, auf sein Lächeln, auf seine Grübchen um die Mundwinkel, die sich bis zur Nase hinzogen.

Nicht jetzt, dachte sie.

Es geht nicht. Es geht einfach nicht.

Sie fuhr quer über den Bürgersteig, holperte über den Bordstein und hielt neben der Tür zur Bank.

Könnte es sein, dass das Bewusstsein ab und zu mithilfe chemischer Substanzen die Flügel ausbreiten möchte?

Carola meldete sich nicht.

AM steckte sein Handy wieder ein. Vielleicht würde sie zurückrufen. Sie musste sehen, dass er versucht hatte, sie zu erreichen, wenn ... Ja, was, wenn ...? - Er hatte keine Ahnung, warum sie nicht abnahm.

Er stieß die Tür zu Theos Kiosk auf.

Der mittlere Gang verlief gerade von der Tür zur Kassentheke. Rechts waren die Regale mit den Süßigkeiten, links standen Spirituosen, Wein und Bier in Dosen, übersichtlich aufgereiht mit den Etiketten nach vorn. Ordentlich ausgerichtet wie eine angetretene Ehrenformation.

So gehörte sich das.

Theo stand am Lottoannahmebereich und kontrollierte Listen. Er blickte auf, als die Glocke über der Eingangstür anschlug, seine linke Hand zuckte unter die Ladentheke, griff dort nach irgendetwas, was von vorn nicht zu sehen war. Er erkannte AM und sein Gesicht verfinsterte sich.

»Jetzt ist die Kacke am Dampfen«, sagte Theo.

Die linke Hand tauchte wieder auf. Er klappte den Ordner zu und knallte ihn vor sich auf die Ladentheke.

Schöne Begrüßung.

»Schöne Begrüßung«, sagte AM ruhig.

»Hast du Carola gesehen?«, fragte Theo scharf.

AM schüttelte den Kopf.

»Heute noch nicht.«

»Ha!« Theo stieß einen Laut aus, der nur wenig an

menschliche Kommunikation erinnerte. »Ich hoffe, du hast noch irgendwann einmal die Gelegenheit dazu.«

Was war hier los?

»Was ist los?«, fragte AM.

»Du willst wissen, was los ist?«

»Du hast mich herbestellt«, erinnerte ihn AM. »Dringend.«

»Ich zeige dir, was los ist!«

Theo ließ den Ordner einfach fallen und ging um die Theke in den Warenbereich. Der Ordner blieb instabil auf der Tischkante, schaukelte, kippte und polterte zu Boden. Theo drehte sich nicht einmal um.

Kein gutes Zeichen, dachte AM.

Mit drei langen Schritten stand Theo neben AM.

»Da!«, sagte er. Sein Finger deutete auf einen Bereich des Süßigkeitenregals. »Da!«

AM sah Schokoriegel. Schokoriegel mit Rosinen, Schokoriegel mit Nüssen, Schokoriegel mit Mandeln, Kraftriegel für Sportler und für Kinder mit der extra Portion Milch.

Die lagen immer da.

»Schokoriegel«, sagte AM. Klang ziemlich blöd.

»Hier«, sagte Theo. »Nüsse und Mandeln.«

Theo war blass geworden, seine Atmung unregelmäßig. Auf der Oberlippe bildeten sich die ersten Schweißperlen.

»Was ist mit Carola?«, fragte AM. Er sprach sehr ruhig und legte Theo behutsam eine Hand auf den Arm, der zunehmend unkontrollierter mit dem ausgestreckten Zeigefinger auf das Regal zustieß. Immer wieder. Wie eine Kobra mit epileptischen Anfällen.

»Carola«, erinnerte AM. Er blickte in Theos Augen und versuchte festzustellen, ob dessen Pupillen auffallend verändert waren. Man weiß ja nie. Auch das Bewusstsein von älteren Kioskbesitzern möchte vielleicht ab und zu mithilfe chemischer Substanzen die Flügel ausbreiten. Darüber hinaus gab es das Gerücht, dass über Theos Kiosk Partydrogen aus Polen verteilt wurden.

Gerede.

Klar ist aber auch, dass eingeführte Seilschaften aus Matrosenzeiten ein Leben lang aktiv bleiben. Erfolgreiche Nebenverdienste.

»War Carola hier?«

»Hier, hier, hier«, keuchte Theo. Seine Stimme war ein wenig weinerlich, und sie war ein wenig schrill.

»Theo ...« AM versuchte es noch einmal. Schüttelte ihn an der Schulter.

Theos Stimme überschlug sich. War verzweifelt.

»Ein Riegel fehlt!«, schrie er. »Und sie ... sie hat ihn!«

Ayhan sieht von der gegenüberliegenden Straßenseite aus, dass Carola die Schalterhalle betritt, die gepolsterte Versandtasche aus Theos Kiosk unter dem Arm. Eine Haarsträhne löst sich aus ihrer Frisur und weht ihr ins Gesicht. Sie fegt sie mit einer Handbewegung zurück.

Jetzt nicht weinen, denkt Ayhan. Nicht über die Augen wischen. Kein Taschentuch. Heulen um Inga kannst du später. Nicht in der Bank. Nicht in der Öffentlichkeit.

Er konzentriert sich, schickt ihr seine Befehle. Er hat von Telepathie gehört. Er hält das für Quatsch. Andererseits schadet es nicht, es zu versuchen. Wer weiß.

An das Außenfenster der Bank sind von innen Immobilienangebote geklebt. DIN-A4-Plakat neben DIN-A4-Plakat von Häusern, Wohnungen, Grundstücken. Geschäftsmodelle der Bank. Dicht an dicht. Sie versperren die ungehinderte Sicht in die Schalterhalle.

Und dazwischen Plakate mit Sprüchen in schreiendem Rot: Mehr rausholen aus deinem Geld – Vermögensstrukturierung – Sicherer Vermögensaufbau

So soll es sein, denkt Ayhan. Hol mir dein Geld raus! Mein sicherer Vermögensaufbau!

Er beobachtet, dass Carola einen kurzen Augenblick unschlüssig in der Schalterhalle steht. Verloren.

Sie sieht sich um.

Nimm den Umschlag und geh weiter, denkt Ayhan.

Die Frau nimmt den Umschlag in beide Hände und geht entschlossen auf einen der Schaltertische zu. Jetzt wird sie von einer Stellwand mit Werbesprüchen verdeckt.

Wir öffnen Horizonte!

Dazu das Bild einer lachenden, glücklichen Familie. Ein Cabrio in der Sonne, das blaue Meer, eine Segeljacht auf dem Wasser.

Da ist keine Inga, die sich in einer Gefängniszelle die Pulsadern aufschneidet.

Ayhan kann nicht sehen, was hinter der Stellwand passiert. Er könnte seinen Posten verlassen und ebenfalls die Bank betreten. Niemand kennt ihn hier. Kein Risiko. Aber die Frau würde ihn vielleicht wiedererkennen, wenn er das Geld später bei ihr zu Hause abholt. Unwahrscheinlich, trotzdem möglich. Dann wäre eine Erklärung fällig. Besser ist, nichts erklären zu müssen. Niemals.

Nur fordern.

Zudem kann er jetzt nicht mehr eingreifen. Er muss auf seine Genialität bauen. Jetzt entscheidet sich, ob sein Telefonanruf funktioniert hat oder nicht. Bisher hat es problemlos funktioniert. Jedes Mal! Keine Ausfälle, keine Rückfälle. Es gibt Brüder, die sind nur bei jedem dritten oder fünften Versuch erfolgreich. Er ist immer erfolgreich.

Er ist der Beste.

Und die Bosse in Izmir wissen das. Und sie werden das honorieren. Irgendwann. Das ist klar.

Jetzt geht es um diese Aktion, um diese Frau. Sie ist seine Marionette. Sie ist in der Bank, weil er das so will. Das ist gut. Das ist wichtig.

Und er will, dass sie sein Geld holt.

Der entscheidende Augenblick.

Die Frau muss funktionieren.

Sie muss den Schalterbeamten entschieden zurückweisen, wenn der nach einer Erklärung für die ungewöhnliche Abhebung fragt. Nicht von Inga sprechen. Nicht über den Autounfall. Sie muss sich verbitten, dass er ihre Angelegenheiten kontrolliert. Muss ihm klar signalisieren: Das ist mein Geld!

Danach ist es mein Geld, denkt Ayhan.

Er blickt auf sein Handy, wischt, schaltet die Digitaluhr ein. Das dauert verdammt lange. Er geht ein paar Schritte zur Seite, braucht einen besseren Winkel. Er kann sie nicht sehen. Was ist da los? Er versucht, hinter die Stellwand zu schauen. Sinnlos. Jetzt schließen die Werbeslogans an der Außenscheibe die Blickachse völlig. Er geht zurück. Das ist besser. Er tastet nach seinen Zigaretten. Kein Feuerzeug. Das hat er vor dem Kiosk unter den parkenden Wagen getreten. Mist! Er zerknickt die Zigarette, wirft sie auf die Straße.

Irgendwo ertönt ein Martinshorn, nähert sich schnell.

Ayhan hält den Atem an. Sieht sich um. Erster Impuls: Flucht. Er drückt sich an eine Hauswand. Vor ihm Passanten, teilnahmslos. Niemand kennt ihn. Keine Verbindung zu dem, was in der Bank womöglich geschieht, womöglich schiefläuft. Kein Grund zur Flucht. Blaue Lichtblitze zucken über die umliegenden Hausfassaden, Autofahrer lenken an den Straßenrand, halten an. Ein Krankenwagen fährt vorbei, Alarmfahrt. Verschwindet in Richtung Hafen. Das Martinshorn wird leiser.

Die Frau steht vor der Bank, ihre Arme, vor der Brust verschränkt, halten einen Briefumschlag. Sie umklammert ihn wie eine Mutter, die ihr Baby schützen will. Der Umschlag ist gefüllt. Prall. Die Frau sieht dem Krankenwagen nach. Die blauen Lichtblitze verlieren sich im Tageslicht.

Die Frau will ihr Baby schützen.

Sie denkt an Inga.

Sie steigt auf ihr Elektroquad, startet.

Er hatte sich ein wenig beruhigt.

»Da oben.« Theo zeigte auf einen Plüschbären, der auf dem Regal hinter der Kasse saß. »Und da!« Er meinte einen blau-grünen Frosch aus Filz über dem Zeitschriftenregal.

»Sieh dir die Augen an«, sagte Theo.

Das linke Auge des Plüschbären war größer als das rechte und stand ein wenig vor. Fiel kaum auf. Nur, wenn man genau hinschaute und wusste, auf was man achten sollte.

Kuscheltier mit Basedow, dachte AM.

»Weitwinkel«, sagte Theo. »Der Bär deckt die Süßigkeiten ab, der Frosch die Schnäpse. Die beiden haben das Wichtigste im Blick. Nur die Zigaretten sind im toten Winkel. Nächste Woche sitzt dort drüben ein Drache. Dann entgeht mir keiner mehr.«

»Security aus der Sesamstraße! Tolle Truppe!«

»Die Leute ruinieren mich«, beschwerte sich Theo. »Die Alten klauen Schnäpse, die Jungen die Süßigkeiten und die ganz Kleinen Comics, Radiergummis und Stifte.«

»Schlimm!«

»Und die Jungen werden älter und klauen ebenfalls Schnäpse, aber Süßigkeiten zusätzlich, weil sie das so gewohnt sind und die ganz Kleinen Comics, Stifte, Radiergummis mit Süßigkeiten und üben für die Schnäpse. Die Leute klauen alles. Das ist so drin bei denen aus der Siedlung hier. Wer sich einmal daran gewöhnt ...«

»Carola«, erinnerte AM.

Theo klappte den Mund zu und presste die Lippen aufeinander. Er starrte AM an, als ob der soeben die Inhaftierung aller Kioskbetreiber gefordert hätte. Dann nickte er.

»Da ist die Kacke am Dampfen!« Er sprach leise. Seine Stimme war belegt und klang heiser.

Er packte AM am Arm und zog ihn zur Kassentheke.

»Hierher!«

Neben der Kasse stand ein aufgeklappter Laptop. Theo zog den Rechner vor, drehte ihn so, dass beide den Bildschirm sehen konnten. Er drückte ein paar Tasten im Nummernblock.

»Da!«, sagte Theo.

Auf dem Bildschirm war jetzt der Verkaufsraum aus einer erhöhten Perspektive zu sehen. Das Bild war schwarzweiß, von perfekter Schärfe und Klarheit. Erstaunlich. Selbst die Etiketten auf den Schnapsflaschen waren zu lesen. Das musste der Frosch sein. Der Winkel passte.

»Kermit«, meinte AM.

»Genau«, sagte Theo. Er gab eine andere Nummernfolge ein. Jetzt waren Theos und AMs Köpfe im Anschnitt zu sehen, dahinter das Regal mit den Süßigkeiten.

»Teddy Basedow bei der Arbeit«, sagte AM.

»Da sind wir.« Theo zeigte auf den Kopf von AM und auf den virtuellen Theo auf dem Bildschirm, der jetzt zeitgleich auf den Bildschirm zeigte. »Jetzt im Augenblick. Aktuell.«

»Na gut«, sagte AM, »wenn du also hinter der Kasse stehst, dann kannst du auf dem Laptop sehen, was du live sehen könntest, wenn du am Laptop vorbeischaust.«

Theo starrte AM an und versuchte, den Gedanken nachzuvollziehen.

»Die Bilder werden aufgezeichnet«, sagte er. »Gespeichert auf der Festplatte. Ich brauche Beweise. Wie soll ich die Leute in den Knast bringen und die Kinder in die Erziehungsanstalt ohne aussagekräftige Beweise?«

»Das wird schwer«, sagte AM.

Theo gab eine weitere Nummernfolge ein und scrollte die Aufzeichnung mit der Maus in einen schnellen Rücklauf. Im Zeitraffer betraten Kunden mit Flaschen, Zeitschriften oder Zigaretten in der Hand rückwärts den Kiosk, huschten rückwärts zur Kasse, wuselten rückwärts durch die Gänge, stellten die Ware in die Regale und verließen rückwärts den Laden.

Auftritt Carola.

Theo stoppte den Rücklauf und ließ die Aufzeichnung in Echtzeit ablaufen. AM beugte sich vor, um besser sehen zu können.

Carola ging an Thomas Gottschalk, der Queen und Florian Silbereisen vorbei zu der Abteilung mit den Büromaterialien. Sie blätterte im Angebot mit den Versandtaschen, verglich die Größen, entschied sich für einen Umschlag, zog ihn aus dem Gestell. Sie wechselte den Gang. Jetzt stand sie zwischen den Schnäpsen und den Süßigkeiten. Das war der Gang zur Kasse.

Völlig normal.

»Völlig normal«, sagte AM.

»Warte«, sagte Theo.

Carola zögerte. Sie sah auf. Sie sah auf etwas, das außerhalb des Bildausschnittes war. Vermutlich sah sie Theo an, der hinter der Kasse stehen musste. Sie lächelte. Vielleicht lächelte Theo ihr ebenfalls zu. Das war nicht zu sehen. Sie ging langsam, so, als ob sie auf etwas wartete. Sie überlegte. Sie blickte in die Richtung, in der Theo stehen musste. Ihre linke Hand hielt den Briefumschlag. Sie schob ihn vor, berührte damit das Regal mit Schokoriegeln. Ihre rechte Hand war einen Moment verdeckt, dann ging sie weiter. Sie ging zur Kasse.

Theo stoppte die Aufzeichnung. Das Bild fror ein. Carola

stand verkrampft, bewegungslos, den linken Arm an den Körper gepresst.

Theo berührte mit dem Zeigefinger den Bildschirm, deutete auf den Ausschnitt des Süßigkeitenregals.

»Da, ein Riegel fehlt!«

Deutlich war eine schmale Lücke zwischen der Ware zu erkennen. Schokoriegelbreit.

Theo bewegte die Maus und scrollte den Film langsam zurück. Carola bewegte sich ruckartig rückwärts, ihr Körper verdeckte die entscheidende Regalstelle, noch ein Stück, der Blick auf das Regal war frei.

Jetzt war das Regal wieder komplett gefüllt.

Da fehlte kein Riegel.

Theo scrollte vor.

Da fehlte der Riegel.

»Sie hat ihn genommen«, sagte Theo.

Theo ließ die Aufzeichnung weiterlaufen.

Ein Lottokunde lief durch das Bild, füllte es für Sekunden mit seinem Rücken aus, verdeckte Carola, verließ den Laden. Carola ging zur Kasse, legte den Briefumschlag auf die Theke. Sie bezahlte mit einem kleinen Schein. Sie winkte ab, als Theo Wechselgeld herausgeben wollte. Sie nahm den Umschlag mit der rechten Hand, drehte sich um, verließ den Laden. Der linke Arm war fest an ihren Unterleib gepresst.

»Sie hat Trinkgeld gegeben«, sagte Theo.

»Trinkgeld?«

Theo nickte. »Viel mehr, als der Schokoriegel gekostet hätte.«

AM sah ihn an. »Also kein Verlust. Du hast doch dein Geld.«

»Es geht nicht ums Geld!«, sagte Theo.

»Sondern?«

»Der Riegel war vergiftet«, sagte Theo.

Zuerst warmes Wasser, dann richtig heiß, danach den Hebel umlegen und der nächste Schwall ist eiskalt.

So musste das sein.

Eiskalt viel länger als warm und heiß zusammen. So lange, bis die Kälte den Wasserdampf im Badezimmer verschluckt hatte, der Beschlag auf dem Spiegel verschwunden und die Haut gut durchblutet und voller Leben war.

Willy wartete, bis das Wasser den Schlamm von der Deko der High Heels gespült hatte und die Glitzersteinchen wieder das taten, was sie tun sollten: glitzern. Die Wassertropfen halfen dabei. Er drehte die Dusche ab, schob die Plexiglastür auf, streifte erst jetzt die High Heels ab und zog nackt und tropfend eine feuchte Spur bis ins Wohnzimmer.

Seine Füße schmiegten sich in den langflorigen Teppich.

Ausgleichsbelohnung für seine Fußsehnen nach einem langen Einsatztag in Schuhen ohne orthopädische Empfehlung.

Das Handy auf dem Glastisch brummte, drehte sich und zitterte sich an den Tischrand. Willy schnappte es auf, bevor es abstürzen konnte.

Carola lächelte ihn vom Display aus an.

Willy wischte den grünen Knopf.

»Hallo, Schwester«, sagte er.

»Ich brauche dich«, sagte Carola. »Sofort! Bring deinen Koffer mit. Wohnzimmer, Nebeneingang.«

Das war alles.

Carolas Gesicht verschwand.

Willy hielt das Handy in der Hand, starrte auf das Display, bis der Bildschirmschoner schwarze Farbe ausgoss.

Den Koffer.
Dann reagierte er sehr schnell.

Das Zeug ist gefragt in Deutschland. In Polen reinigen sie damit Maschinenteile

»Was sollte ich denn machen?«, jammerte Theo. »Die ruinieren mich sonst.«

AM packte Theo an den Schultern, stieß ihn grob zurück gegen die Ladentheke. Sein Rückgrat prallte gegen die Möbelkante.

»Was?«, fragte AM.

»GBL«, sagte Theo.

AM zog Theo vor, nur um ihn noch einmal gegen die Tischkante zu stoßen. Härter diesmal.

Theo stöhnte, aber er wehrte sich nicht. Seine Arme hingen schlaff am Körper.

»Gamma Butyrolacton.«

»Gamma, was?«

»K.-o.-Tropfen. Ein alter Freund arbeitet auf einer Werft in Danzig. Hat mir das mitgebracht. Die reinigen damit Motorenteile. Die Ausgabe im Betrieb wird streng kontrolliert, trotzdem lassen sich kleine Mengen unauffällig abzweigen, wenn du weißt, wie. Das Zeug ist gefragt in Deutschland. GBL finanziert seinen BMW. Er wollte nur helfen.«

»Helfen?«

»Ich habe ihm von den Diebstählen erzählt. Er hatte die Idee, mit einer Injektionsnadel und einer Spritze die Flüssigkeit durch die unversehrte Verpackung in den Schokoriegel zu pressen. Schmeckt ja nach nichts. Merkt man ja nicht. Und wenn den einer klaut und isst ...«

»Was dann?«, fragte AM.

»Machen die Burschen doch sowieso alles freiwillig«, behauptete Theo. »Oder mit ihren Mädchen. Weißt du, was auf diesen Partys alles passiert? Was da alles in die Getränke gemixt wird?«

Theo sah, dass sich das Gesicht von AM verfinsterte. Sah nicht gut aus. AMs Lippen wurden ganz grau. Theo drückte sich seitwärts um die Theke. Vorsichtshalber. Besser, die Ladentheke war ab jetzt zwischen ihm und AM.

»Ich hatte alles im Blick«, verteidigte sich Theo. »Volle Kontrolle. Der Bär und der Frosch ...«

AM wischte mit einer Hand das Laptop von der Theke. Es polterte auf den Boden. Theo ließ es zu. Er schnappte nicht danach. Er hob es nicht auf.

AM nahm sein Handy, wählte Carolas Nummer. Die Verbindung wurde aufgebaut. Er ließ es lange läuten.

Dann: »Der gewünschte Teilnehmer meldet sich nicht ...«

AM drückte die Ansage weg.

»Volle Kontrolle?«, fragte AM.

»Nicht bei Carola«, sagte Theo. »Ich konnte nicht damit rechnen, dass ausgerechnet sie ... Wir haben vor ein paar Tagen darüber gesprochen. Über die Diebstähle und das alles. Ja, auch über meinen Plan mit dem GBL. Coole Masche, hat sie gesagt.«

»Sie hat gewusst, dass der Riegel vergiftet war?«, fragte AM.

Theo nickte.

»Sie hat es gewusst«, sagte er. »Sie hat alles gewusst.«

III.

Falsches Level

Coole Masche!

Er versuchte es zuerst an ihrer Haustür, schellte. Keine Reaktion. Er sah an der Hauswand hoch, alle Fenster waren verschlossen. Kein Licht in der Wohnung. Ihr Elektroquad stand neben den Fahrrädern. Sie war da. Musste da sein. Mit ihrer kaputten Hüfte würde sie nicht spazieren gehen.

Er ging nach vorn, probierte die Klinke zur Gaststätte. Blöder Versuch. Keine Chance. Die Tür war seit Jahren verschlossen. Spinnweben in den Ecken und auf den Scharnieren verrieten genug.

Sie hat es gewusst! – Wir haben darüber gesprochen.

AM hatte Angst.

Carola hatte mehrfach versucht, ihn anzurufen. Sie hatte ihn gebraucht, und er hatte alle Signale stumm gestellt.

Er war nicht für sie da gewesen.

Und dann: Der gewünschte Teilnehmer meldet sich nicht ...

AM überquerte die Straße. Der Gemüsehändler auf der anderen Seite räumte die Auslagen vom Bürgersteig in den Laden. Er trug eine grüne Schürze mit einer aufgedruckten lachenden Gurke, Arm in Arm mit einer grinsenden Tomate.

Was muss man rauchen, um sich so etwas auszudenken?

»Die Frau von gegenüber ...«, sagte AM.

»Ja?« Der Gemüsehändler stellte seine Gemüsekiste ab. Er musterte AM. Da war ein spöttischer Zug um seinen Mund. »Post für Carolas Tochter?«, fragte er.

AM war verwundert.

»Ist sie da? Ist ihre Tochter da?«

»Das weiß ich doch nicht.« Der Händler lehnte sich in den Türrahmen seines Ladens und verschränkte die Arme vor der Brust. »Ich weiß nur, dass Sie heute bereits der Zweite sind, der nach Carola fragt. Und jetzt bin ich mal gespannt, was Sie für eine Erklärung dafür haben. Post für die Tochter hatten wir schon.«

»Ich suche sie«, erwiderte AM.

»Die Tochter oder die Mutter?«, fragte der Händler. »Muss ich wissen. Muss ich wissen wegen des Levels.«

»Level?«

»Genau. Das passende Level ist entscheidend.« Abschätzender Blick. »Bei Ihnen würde ich sagen: eher die Mutter.«

Grinsen. Comedy im Gemüseladen.

Aber falsches Timing.

»Und? - Haben Sie sie gesehen?«

Kein Sinn für Humor. Nicht jetzt.

»Zucchini sind im Angebot«, sagte der Händler knapp. Dieser Typ war für ihn durchgefallen.

AM atmete tief durch. Es gab Augenblicke im Leben, in denen es schwerfiel, friedlich zu bleiben. Er drehte sich einfach um und ging zurück über die Straße.

Besser so.

»Und richten Sie Ihrem Kollegen aus, er soll seinen Wagen hier wegfahren!«, rief ihm der Gemüsehändler nach. »Der blockiert meinen Kundenparkplatz.«

AM blieb mitten auf der Straße stehen und drehte sich um. Da stand ein schwarzer Audi S8 vor dem Laden. AM sah das Kennzeichen.

Nicht von hier.

Kein Kumpel.

Da ist etwas, das anders ist als sonst.

Die alte Frau, arglos. Und verzweifelt. Gut. Das ist wie immer. Das passt. In Ordnung. Ist ja alles überprüft. Läuft gut.

Trotzdem!

Zombie. Fährt zur Bank. Großer Umschlag. Prall gefüllt. Inhalt nicht kontrolliert. Wird schon stimmen. Sieht gut aus.

Schnelle Abholung.

Überraschung!

Zusätzliches Angebot.

Freiwillig.

Nicht an der Haustür.

Ich habe Schmuck!

Kommen Sie herein.

Ketten, Broschen, Ringe. Gold, Weißgold, Platin. Eine Münzsammlung. Kein Silber.

Hilft das meiner Tochter?

Bestimmt!

Unerwartet. Alles mitnehmen!

Nehmen Sie Platz.

Risiko.

Egal!

Kaffee oder Tee?

Nein danke.

Leider kein Gebäck. Nur einen Schokoriegel. Nehmen Sie.

Dankbarkeit.

Was soll's?

Unverfänglich. Vertrauen schaffen. Zutrauen.

Das dauert zu lange.

Geben Sie mir das Einpackpapier.

Jetzt geht sie, holt den Schmuck. Lächeln. Hat keine Ahnung, die Alte. Nüsse und Mandeln. Perfekt diesmal.

Alles entspannt.

Alles ist weich.

Und überall Watte.

Ja, es ist gut. Keine Gefahr. Kein Risiko. Läuft! Schweben in Watte. Sanfte Wolken.

Angenehm.

Sie kommt zurück, sieht ihn an, wartet.

Und jetzt sind die Arme gelähmt.

Anders als sonst.

Gefahr!

Der Durst.

Die Lippen sind trocken und aufgesprungen.

Gar nicht mehr weich.

Kopfschmerzen.

Aufstehen und trinken wollen.

Die Hände lassen sich nicht bewegen.

»Hallo, Arschloch!«, sagt eine Stimme.

Was geht ab heute Abend? – Wir treffen uns im Wohnzimmer

Nur so eine Idee: die Stahltür im seitlichen flachen Anbau der Gaststätte. Ursprünglich Notausgang, nur von innen zu öffnen. Alte Brandschutzvorgabe. Fluchtweg von der Kegelbahn, für den Fall, dass ein Küchenbrand den regulären Durchgang innen versperrte. Kein Eingang. Keine Klinke, kein Schloss von außen.

Eigentlich keine Chance. Instinkt? Innere Stimme? Eingebung?

Egal! Da war tatsächlich ein fingerbreiter Spalt zwischen Zarge und Türblatt.

Bingo!

Am Scharnier war rostige Farbe abgeplatzt. Die Splitter lagen auf dem Bürgersteig.

Die Tür ist benutzt worden.

Gar nicht so lange her.

AM presste die Fingerkuppen in den Spalt und der Nagel des Mittelfingers brach ab. Er zog. Die Tür sperrte sich, bewegte sich leicht. Die Scharniere kratzten. Wieder sprangen lose Roststücke ab. AM presste sein Knie in den größer werdenden Spalt, drückte mit seiner ganzen Körperkraft, dann war er drin.

Kein Licht.

AM schaltete die Taschenlampenfunktion am Handy ein.

Links die Türen zu den Toiletten. Sie standen offen. Toilettenzellen, Pissoirs an den Wänden, Waschbecken, Handtuchspender, ein ausgeschlachteter Kondomautomat. Und dieser spezielle Geruch. Überall. So was geht nie weg. Das Wohnzimmer war seit Jahren geschlossen, keine Gäste, keine Benutzer mehr, aber der Geruch war trotzig geblieben. Hielt tapfer die Stellung. Es roch nach Desinfektionsmitteln, nach Zigarettenrauch, nach Bier, nach Undefinierbarem.

Üble Mischung.

Es roch nach allem, was der Mensch ausschwitzt, wenn er weiß, dass ihm etwas fehlt, aber er nicht weiß, wonach er suchen soll.

Trinkerschweiß eben.

Weiter.

Eine Tür mit dunkelbrauner Bleiverglasung rechts. Eingearbeitete maritime Motive: Leuchttürme, Bojen, Segelboote.

Gut!

AM drückte die Klinke. Die Tür war nicht verschlossen. Der Raum dahinter dreißig Quadratmeter, Stühle an den Wänden aufgereiht, in der Mitte ein schwerer Billardtisch, Turnierqualität, darauf kreuzförmig zwei Queues. Keine Kugeln. Spinnweben spannten sich von der niedrig aufgehängten Lampe bis auf das grüne Tuch. Wollmäuse hatten sich unter den abgeschrägten Banden verfangen. Konnten nicht mehr weglaufen. Hatten sich im Filz verhakt. Ging denen so ähnlich wie manchen Parlamentariern. Da musste mal der große Staubsauger ran. Dem Billardtisch könnte es guttun.

AM schloss die Tür. Das Licht seines Handys wurde schwächer. Müder Akku. Er schaltete die Taschenlampe ab und lauschte. Es gab nur die Geräusche von der Straße. Motorengeräusche, gedämpft. Keine Stimmen. Keine Schritte. Geradeaus, am Ende des Ganges ein schwacher, waagerechter Lichtstreifen auf dem Boden. Eine Spinne krabbelte die Lichtspur entlang, warf einen beeindruckenden Schatten.

AM ging darauf zu, fühlte die Tür. Er legte sein Ohr an das Holz. Er tastete nach der Klinke. Er drückte sie nach unten.

AM öffnete die Tür zur Kegelbahn.

Stell dir vor: die Kegelbahn.

Rechts zwei klassische Bahnen nebeneinander, beide durch ein kniehohes, von Messingpfosten gehaltenes Ziertau getrennt. An den Wänden Schallschutzverkleidung. Holzvertäfelung. Nur der Anlauf wird von einem Deckenstrahler erhellt, die Lauffläche selbst führt ins Dämmrige. Vierpass, Kegel und Kugelfang sind zwanzig Meter entfernt und im Dunkeln nicht mehr zu sehen.

Der Tresen links.

Sieben Barhocker. Schwache, indirekte Beleuchtung. Umlaufende Haltestange aus Stahl oben, umlaufende Fußstütze aus Stahl unten.

Sie sind zu dritt.

Carola lehnt entspannt an der Theke.

Ihre Frisur ist auf sympathische Art zerzaust, ihre Wangenknochen, ihr Halsansatz leicht gerötet. Sie lächelt. AM weiß, wann sie so lächelt. Er erinnert sich gut und er weiß, wann ihre Haut schon einmal auf diese Art gerötet war, nämlich damals, als sie eng zusammengelegen haben.

Ganz nah.

Ganz vertraut.

»Hallo«, sagt Carola. »Ich wusste, dass du irgendwann kommst.«

Neben ihr sitzt ein Mann auf einem der Thekenhocker, den rechten Arm auf den Tresen gelegt. AM kennt ihn nicht. Seine Haare sind gegelt, waren wohl irgendwann einmal korrekt frisiert, teurer Schnitt, liegen jetzt wild durcheinander, wirken fettig und ungepflegt. Seine Schultern sind eingesunken, das Kinn liegt auf der Brust. Das Hemd ist eingerissen, die obere Knopfreihe fehlt, keine Krawatte. Das Revers des Jacketts ist nachlässig nach innen geschlagen. Der Anzug teures Tuch. Teure Schuhe. Er hat Mühe, den Kopf zu heben. Es fällt ihm schwer, zu AM herüberzuschauen. Er versucht es trotzdem. Seine Augen sind umgeben von dunklen Schatten. Hängende Lider.

Das sieht nicht gut aus.

Und das liegt nicht nur am schwachen Kneipenlicht.

Die Zunge des Mannes fährt fahrig über die Lippen. Die sind aufgesprungen, wirken spröde. Er spricht nicht. Eine einzige wilde Nacht mit gründlichem Alkoholmissbrauch reicht wohl nicht aus, um so ein Bild abzugeben. Dazu braucht es mehr.

Viel mehr.

Sein rechter Arm, der, der auf der Theke liegt, ist am Handgelenk mit einem rosa plüschigen Armreif verziert. Das sieht putzig aus und deplatziert. Ein zweiter rosa plüschiger Armreif liegt um die umlaufende Haltestange. Fünf stählerne Kettenglieder verbinden beide plüschigen Armreifen. Der Arm des Mannes kann gar nicht anders, als auf dem Tresen zu liegen. Er ist an die Haltestange gefesselt.

Plüschummantelte Handschellen aus Willys Privatkoffer für besondere Anlässe. Eigentlich für sehr private Anlässe. Nicht öffentliche Spielereien.

Der Koffer liegt etwas abseits auf dem Tresen. Der Deckel ist aufgeklappt. Der Inhalt bizarr, eigenwillig, fantasiereich, vielfältig und manchmal nützlich.

Daneben Willy im Kampfanzug.

Körperenge Jeans, Camouflage, mittlere Leibhöhe, freier Blick auf Bauchnabel und sechs ausgeprägte Wölbungen des Musculus rectus abdominis. Ein postkartenbreiter Gürtel aus Schlangenlederimitat um die Hüfte. Tief angesetzt, asymmetrisch schräg. Die Hosenbeine enden eine Handbreit über den Fußknöcheln, um die Wirkung der olivfarbenen Sexy Rave Club Stilettos mit dezenten Einschlägen aus Rubintränen zu unterstützen. Die sind neu. Frisch aus Antwerpen. Erster Einsatz heute. Dazu kurzes goldflitterfarbenes Muscleshirt.

Willy nimmt sich die Freiheit zu zeigen, was große Schwestern mögen.

Willy steht zwischen seinem Koffer und dem fremden Mann. Er steht aufrecht, gerader Rücken. Beine leicht gespreizt. Die Hände sind auf dem Rücken verschränkt.

Aufmerksam.

Türsteherposition. Das kann er. Das hat er sein Leben lang geübt. Das wirkt.

Lebendes Bollwerk.

»Darf ich vorstellen«, sagt Willy und deutet mit einer königlichen Geste auf den fremden Mann.

»Das Arschloch!«

»Sag jetzt nichts!«, sagte Carola.

Sie saßen an dem runden Tisch vor der Theke: Carola, AM, Willy. Carola trank Rotwein, AM trank Bier, Willy trank Wasser.

Sie hatten die Stühle so gestellt, dass alle drei den Mann an der Theke im Auge hatten.

In der Mitte des Tisches lagen ein Schlüsselbund, ein Handy, eine Brieftasche aufgeklappt, im Sichtfach ein Personalausweis mit einem Passbild, das dem des Mannes an der Theke ähnelte.

Sein Name war Ayhan.

»Ich sage ja nichts«, sagte AM.

»Dann ist ja gut«, sagte Carola. Das klang bissig. Sie nippte an ihrem Rotwein.

AM nahm einen Schluck Bier.

Carola klappte die Brieftasche auf dem Tisch zu, sie klappte sie auf, sie verschob das Schlüsselbund, legte es auf die Brieftasche, klappte die wieder zu, legte alles auf das Handy.

»Ich weiß selbst, was alles hätte passieren können«, sagte Carola.

»Sicher«, sagte AM.

Mit einer heftigen Bewegung stieß Carola das Weinglas in die Tischmitte.

»Ist es aber nicht! Deshalb kannst du dir deine Vorwürfe sparen.«

Willy nahm einen Schluck Wasser, lehnte sich zurück und sah interessiert zu.

Spannend das Ganze.

»In Ordnung«, sagte AM.

Carola richtete sich auf, saß jetzt kerzengerade, durchgedrückter Rücken.

»Nur in Ordnung?«

»Alles in Ordnung!«, sagte AM.

Carola drehte Ayhans Brieftasche, legte sie auf das Handy, legte das Handy auf die Brieftasche.

»Sind wir etwa schon in einem Alter, wo man sich zurückzieht?«, fragte sie. Flammender Blick, getönte Wangen.

AM schüttelte den Kopf.

Eigentlich war das jetzt eine Situation, in der er sie wortlos in den Arm hätte nehmen müssen. Das war klar. Eigentlich.

»Eigentlich müsstest du mich jetzt in den Arm nehmen«, sagte sie.

Und dann tat er es.

Verdammt! Das hatte zu lange gedauert. Viel zu lange! Schlechtes Timing.

»Und? Sind wir so alt, dass uns nur noch der Rückzug bleibt?« Ihre Lippen lagen dicht an seinem Ohr.

»Nur aus taktischen Gründen«, sagte er ebenso leise.

Carola löst sich aus seiner Umarmung, sah ihn an. Zitterten ihre Hände? Ein ganz klein wenig nur?

»Also?«, fragte sie.

»Du hast alles sehr, sehr gut gemacht«, sagte AM.

Carola wartete, suchte einen Unterton in seinen Worten. Fand nichts.

»Und?«

»Wir machen weiter«, sagte AM.

»Klar, was denn sonst?«, sagte Willy.

»Volle Seniorenpower«, sagte AM.

Carola drehte ihr Weinglas zwischen beiden Händen,

sah Willy dabei an, sah AM an, versuchte in ihren Augen zu lesen.

Da gab es keine Vorwürfe. Vielleicht gab es die nur in ihrem Kopf.

Gut.

Trotzdem, ganz sicher war sie sich nicht.

»Sagt mir jetzt nicht, dass das unverantwortlich war.«

»Das sagen wir nicht!«

AM und Willy sagten das im Chor. Perfekter Einsatz.

»Und wir meinen das auch so«, sagte AM.

Klang überzeugend. Willy hob sogar die rechte Hand, so, als ob er schwören wollte.

»Das ganze Leben ist unverantwortlich«, sagte Carola.

AM schüttelte den Kopf.

»Unkalkulierbar«, korrigierte er. »Das Leben ist unkalkulierbar. Auf jeden Fall aber das Alter.«

AM sah Carola besonders an. »Und ganz sicher bist du das ...«

Aha - neue Wendung.

»Und - ist das gut so?«, fragte sie vorsichtig.

»Das ist das Wertvollste«, sagte AM. »Das ist reine Lebensqualität.«

Eigentlich würden sich jetzt gern ihre beiden Hände auf dem Tisch suchen, finden und berühren. Die waren allerdings zurzeit mit den Getränken beschäftigt. Auch wichtig. Irgendwann muss nichts mehr symbolisch laufen. Wissen um Nähe reicht aus, wenn keine ernsthaften Zweifel stören.

So war das.

Willy räusperte sich.

»Ich bin gespannt, wie es weitergeht«, sagte er.

Carola hob ihr Glas.

»Darauf, dass es weitergeht?«, fragte sie.

»Darauf, dass es weitergeht«, sagten AM und Willy gleichzeitig. Zwei perfekte Chorjünger die beiden.

AM hob die Bierflasche.

Willy das Wasserglas. Wasser gilt zur Besiegelung auch. In Notfällen.

Sie stießen an. Tranken.

Zuversichtlich.

Carolas Hände zitterten doch nicht.

Na also.

»Und jetzt? Was ist jetzt?«, fragte Ayhan. »Wollt ihr mich umbringen, oder was?«

»Alle Möglichkeiten liegen auf dem Tisch«, sagte Willy. Diesen Satz hatte er vor nicht allzu langer Zeit von einem Politiker gehört. Kurz vor einem Kriegsbeginn. Den Satz fand er gut. Hatte ihn abgespeichert. Schön, dass endlich Gelegenheit war, den Spruch selbst anzubringen.

Jetzt war ja Krieg.

Krieg im Wohnzimmer.

»Ihr wollt mich den Bullen ausliefern, oder?«

»Alle Möglichkeiten«, wiederholte Willy.

»Dann schlage ich zurück«, sagte Ayhan. »Drogenbesitz, Körperverletzung, Freiheitsberaubung.« Er richtete sich auf dem Thekenhocker auf. »Die ganze Palette. Das Ding fliegt euch um die Ohren!«

Ayhan zerrte an der Handfessel. Mistdinger! Die weiche Plüschummantelung der Stahlschelle polierte die Haltestange der Theke.

»Ich bin Opfer, ihr seid Täter!«, sagte er.

»Und das ist gut so«, meinte Carola. »Besser als umgekehrt.«

Genau.

»Und das war längst überfällig«, ergänzte AM.

»Danke«, sagte Carola. Sie sprach so leise, dass nur AM das Wort verstehen konnte. Nur er sollte es auch verstehen.

»Wenn ihr mich nicht umbringt, bringe ich euch um!«, sagte Ayhan. »So geht das Spiel. Und wenn ihr mich umbringt, bringen euch später andere um. So oder so – ihr habt keine Chance. Ihr wisst nicht, wer ich bin!«

»Doch!«, meinte Willy. »Du bist das Arschloch.«

»Wir sind viele«, sagte Ayhan.

»Und wir«, sagte AM, »wir sind alt und lebensfroh und neugierig. Das zusammen ist eine explosive Mischung. Du bist in der Hand von Leuten, die gefährlich sind. Denk daran. Spiel nicht mit dem Feuer.«

»Ihr könntet euch retten, wenn ihr mir die Fesseln löst. Jetzt sofort. Ich habe die Macht, euch zu schützen. In der Organisation bin ich ein hohes Tier.«

»Und ich bin ein wildes Tier!«, sagte Willy.

Er stand auf und ging langsam auf Ayhan zu. Erstaunlich wie elastisch und gleichzeitig kraftvoll sich ein eins neunundneunzig großer Mann auf zwanzig Zentimeter Stilettos bewegen konnte. Ein junger Panther konnte davon lernen. Seine Arme hingen entspannt an den Seiten, während er seine Schultern rollen ließ. Das glich einer Lockerungsübung in der Gymnastikgruppe, wirkte hier hingegen äußerst bedrohlich. Seine Bauchmuskulatur spielte unter der Bauchdecke. Hart, klar abgegrenzt. Das kurze Top war die perfekte Umrahmung.

Ayhan versuchte, zurückzuweichen. Aber die Handschelle ließ ihm dazu nicht viel Spiel.

»Du hast es gehört«, sagte Willy. »Wir sind neugierig. Erzähl uns mal etwas von den Vielen.«

Ayhan verzog spöttisch die Lippen.

»Keine Chance«, sagte er.

»Bist du dir sicher?«, fragte Willy.

Ayhan schüttelte den Kopf. »Ganz sicher.«

Willy war jetzt sehr nah. Zu nah. Der Kopf dieses eins neunundneunzig Mannes war jetzt hoch über Ayhan. Der musste seinen eigenen Kopf weit in den Nacken biegen, um diesem Wesen in der weibischen Verkleidung, mit den Eyelinern, Puderwangen und gemalten Lippen, in die Augen blicken zu können.

»Verpiss dich!«, sagte Ayhan.

Mit einer schnellen Bewegung packte Willy Ayhan zwischen die Beine. Ein sicherer, fester Griff, dahin, wo es wehtat. Er drehte die Hand. Ayhan riss die Augen auf, schnappte nach Luft.

»Und auf einmal bist du eine von uns«, sagte Willy. »Das geht schnell und tut nur ein bisschen weh. Am Anfang.« Er lächelte freundlich dabei und fegte mit der freien linken Hand eine blondierte Claudia-Schiffer-Haarlocke aus seiner Stirn. Kokett sah das aus.

»Das geht ruck, zuck!«

Die letzten beiden Begriffe begleitete er mit harmonisch passenden Bewegungen der Rechten in Ayhans Schritt.

Ayhan wurde blass. Seine Lippen zitterten. Er wollte sprechen, aber im Augenblick war es wichtiger, nur Luft in die Lungen zu pumpen. Viel Luft. Ganz viel Luft. Würde er brauchen, wenn er schreien musste.

»Ich mache einen Sopran aus dir, Kleiner«, sagte Willy freundlich. »Und recht bald lässt dein Bartwuchs nach. Deine Brüder werden dich nicht erkennen, wenn du mit Kopftuch zum Essen kommst.«

Ayhan schaffte ein einziges Wort, presste es aus der Kehle: »Bitte ...«, flüsterte er.

»Magst du einen Schluck Mineralwasser, Willy?«, fragte AM aus dem Hintergrund. »Wir erfrischen uns, und anschließend stellen wir ihm noch einmal in aller Ruhe unsere Fragen.«

Zeit, zu deeskalieren.

»Wir haben Zeit«, meinte Carola. »Ab jetzt haben wir sehr viel Zeit.«

Pistolen, Totschläger, Jugend und Leistungsträger – die Wirklichkeit ist kunterbunt

Willy war Gefängniswärter.

AM war Spurenverwischer.

Er hatte es schon vermutet, der Autoschlüssel aus Ayhans Tasche passte zum Audi, der vor dem Gemüsegeschäft geparkt war. Ein Druck auf die Schlüsselentriegelung und die Warnblinkanlage signalisierte: Come on, I'm ready for take off.

Die Türen ließen sich öffnen.

Keine Überraschung.

Die Überraschung fand sich im Auto.

Zwischen den Sitzen lag ein Teleskopschlagstock. Totschläger. Kein Handwerkszeug für friedliche Diskussionsdiziplinierung in Stuhlkreisen. Übles Gerät.

Im Handschuhfach, versteckt unter einer Mappe mit Betriebsanleitungen und einer zusammengerollten Warnweste, eine Pistole. Brünner M75. Alte halb automatische Selbstladepistole. Made in Czech Republic war dort eingeschlagen. Ein Oldtimer. Stammte vermutlich aus den Siebzigerjahren. War nicht mehr im besten Zustand. Erste Rostspuren am Lauf, Griff und Hahn. Schlecht gepflegt. Kein Magazin im Griff. Das fand AM versteckt in der zusammengerollten Warnweste. Fünfzehn Messingzwerge im Kaliber 9 x 19 mit grauen Bleimützen warteten auf ihren Einsatz.

AM bewegte den Schlitten. Lief sauber. Die Waffe war alt, aber einsatzbereit.

Neue Qualität im Spiel.

Vielleicht war es aber schon längst kein Spiel mehr.

Vielleicht war es nie ein Spiel gewesen.

AM startete den Audi und rangierte ihn aus der Parklücke. Der Gemüsehändler beobachtete ihn dabei, hatte jetzt eine andere Comicschürze umgebunden.

Neue Szene: Eine Gurke aß eine Tomate. Beide Gemüse lachten dabei.

Lustiges Leben.

Und der Gemüsehändler lachte ebenfalls. Einmal Witzbold, immer Witzbold.

Versteckte Totschläger und Pistolen waren dabei eine andere Ebene.

Anderes Level.

Waren trotzdem Wirklichkeit.

Der Motor des Audis hatte ein beeindruckendes Drehmoment. Da hatten sich Tuningspezialisten ausgetobt. Nur eine leichte Berührung des Gaspedals und die innerstädtische Geschwindigkeitsbegrenzung war schon weit überschritten. Dazu imponierender Auspuffsound. Großes Konzert. Besonders in Unterführungen, wenn der Schall von der Betondecke reflektiert wurde. Mitmenschen, denen sonst niemand zuhörte, konnten hier ihr technisches Echo genießen.

Das Auto war nichts für Leute mit lädiertem Selbstbewusstsein. War aber für genau die wohl gebaut.

Als therapeutisches Instrumentarium jedoch viel zu gefährlich.

Zu gefährlich für andere.

Auf dem Parkplatz des Supermarktes gab es ausreichend freie Stellplätze. AM suchte einen etwas abseits, entfernt vom überdachten Depot für die Einkaufswagen. Ein unauffälliger Platz war das, unverdächtig. Er parkte rückwärts ein, legte den ersten Gang ein, zog den Schlüssel ab.

Fertig.

Jede Verbindung zu Carolas Wohnung dürfte damit beseitigt sein. Jedenfalls für die, die so eine Verbindung nichts anging. Um Probleme zu vermeiden. Oder zumindest zu reduzieren.

Vorerst.

AM dachte kurz daran, Lenkrad, Ganghebel und Handschuhfach abzuwischen. So ist das in Fernsehtatorten. Seine Fingerabdrücke waren großzügig verteilt. Überall. Er ließ sie da. Seine DNA war ja auch überall großzügig verteilt. Hautpartikel, Haare, Schweiß. Winzige Spuren, auch locker nachweisbar. Die ließen sich nicht einfach wegwischen. Waren da und blieben da. Keine Chance.

Was soll's?

AM stieg aus, drückte die Verriegelungstaste auf dem Schlüssel.

Die Fahrzeugelektronik quittierte den Befehl mit einem Signalton.

Gehorsam und verlässlich.

Das war's.

AM überquerte den Parkplatz.

Neben dem Eingang zum Supermarkt war ein Tisch aufgebaut, überdacht mit einem gelben Sonnenschirm. Darunter stand ein Mann mit gelben Winkefähnchen aus Papier in der Hand. Die verteilte er an Kunden, die den Laden betreten wollten.

Das Gesicht des Mannes war hinlänglich bekannt. Aus dem Fernsehen und von Wahlplakaten.

Parlamentsabgeordneter.

Forscher Typ. Wusste jeder.

Immer Dreitagebart. Immer frisch. Jeden Tag ein frischer Dreitagebart.

Das muss man erst einmal hinkriegen.

Dynamisch.

Sah man an den weißen Turnschuhen. Bin in Bewegung, hieß das. Bin locker.

Dazu trug er einen maßgeschneiderten Anzug aus grauem Seidenstoff und passend zu den Fähnchen ein gelbes T-Shirt mit blauen Initialen seiner Partei im Herzbereich. Gehörte genau da hin, wenn du es ernst meinst.

Auf dem Kopf eine Baseballkappe, natürlich gelb, was sonst, Schild nach hinten in den Nacken gedreht. Jugendliches Image. Klarer Eindruck. War genau so erforscht, genau so gewollt, sollte genau so wirken.

Tat es aber nicht.

Wirkte albern.

Ein Mann mit Filmkamera auf der Schulter blieb stets in seiner Nähe, huschte um ihn herum wie ein hyperaktiver Schatten mit Eigenleben. Konservierte jedes Lächeln, jede Bewegung, jeden Tanzschritt der weißen Turnschuhe, jeden Kontakt. Konservierte das für die Ewigkeit, falls die daran interessiert war.

Eine ältere Frau überquerte die Straße, näherte sich. Sie stützte sich auf ihren Rollator, an dem eine volle Einkaufstasche hing. Der Bordstein zum Bürgersteig war ein Problem. Die Räder stießen vor das Hindernis. Sie versuchte, den Rollator nach hinten zu kippen und schon mal die vorderen Räder auf die Stufe zu setzen.

Ging nicht.

Bordstein zu hoch. Tasche zu schwer. Alte Frau zu schwach.

Sofort war der Abgeordnete bei ihr. Zehn Sekunden warten, dann stand der Kameramann in Position. Daumen hoch. Der Abgeordnete griff an den Rollator, keine Anstrengung, ging ganz leicht, und der Rollator stand auf dem Gehsteig.

Sah geschmeidig aus. Galant. Begleitet vom gewinnenden Parlamentarierlächeln. Das war wichtig. Gut für die Kamera. Gut für die Ewigkeit.

Die Frau war dankbar.

Der Kameramann richtete sein Mikrofon aus.

»Gnädige Frau«, sagte der Abgeordnete, »neben der Digitalisierung ist die behindertengerechte Absenkung der Bordsteine das zentrale Anliegen meiner Partei.«

»Dann macht das mal«, sagte die Frau.

Sie versuchte weiterzugehen. Kein Platz. Der Abgeordnete stand im Weg.

»Steht ganz oben auf unserer Agenda«, sagte der Abgeordnete. »Absenkung der Rinnsteine, Digitalisierung und ...« Kurze Wirkpause. »Klimaschutz!«

»Das ist gut, junger Mann«, sagte die Frau, »können wir alles gebrauchen.«

Links, an der Hauswand, war jetzt der Weg frei. Sie lenkte dorthin, versuchte, dort vorbeizufahren.

Nur ein kleiner Schritt seitwärts, und der Abgeordnete stand erneut im Weg. Links, rechts, Trippelschritt - alles kein Problem.

»Und die Jugend«, fuhr der Abgeordnete fort. »Natürlich. Und die Leistungsträger.«

»Sind wir das?«, fragte die Frau.

»Natürlich. - Auch ...«, sagte der Abgeordnete.

Schneller, unauffälliger Blick seitwärts. Der Winkel zur Kamera passte.

»Auch - ich betone: auch - und ganz besonders! Die konsequente Verschrägung des Quartiers stellt die Triebfeder unserer Politik dar. Alle Bordsteine schräg! Das würde helfen. Und der Klimaschutz. Und die Digitalisierung. – Darf ich Ihnen einen Kugelschreiber schenken? Sie können damit Ihren Enkeln zum Geburtstag Postkarten schreiben.«

Die alte Frau schüttelte den Kopf.

»Nein danke, ich benutze WhatsApp, junger Mann.«

AM verweigerte das angebotene gelbe Winkefähnchen und ging vorbei in Richtung Hafen.

Noch war der Bordstein kein Problem für ihn.

Noch.

Mal sehen, was kommt.

Erst mal Verabredung mit Karl Heinz.

Die Zeit der Machtlosigkeit ist die Zeit für Zukunftspläne

Gefängnismorgen.

Ayhan lag auf einer Luftmatratze vor der Theke der Kegelbahn, eingerollt in eine Wolldecke. Die roch ein wenig nach Mottenpulver. Er lag seitlich. Sein rechter Fuß war mit einer malvenfarbigen Handschelle an die umlaufende Fußstütze vor der Theke angeschlossen. Seitenlage links und rechts ging, Rückenlage auch. Aber Komfort sah anders aus. Drehen war schwierig. Die Kette rutschte auf dem Metallrohr des Tresens, ließ nur seitliche Bewegungen zu.

Trotz allem hatte er schlafen können. Tief und fest und traumlos. Doch noch immer fühlte er sich wie betäubt. Er hatte eine dumpfe, neblige Ahnung, was gestern passiert war, aber für das komplette Bild fehlten ihm wesentliche Puzzlestücke.

Da war irgendwas mit Nüssen und Mandeln. Keine Ahnung. Und das weiche Gefühl, das ihn schweben ließ. Die Frau stand da und lächelte, während er, eingepackt in Watte, in eine große Leere getrieben war. Ganz sanft.

Und jetzt hatte er Kopfschmerzen.

Und er hatte Durst.

Und er verspürte eine unbändige Wut. Die Wut war stärker als Kopfschmerzen und Durst zusammen.

Er war Ayhan, und er war Profi, und dieses alte Weib hatte ihn ausgetrickst.

Er öffnete die Augen, drehte sich auf den Rücken und stöhnte leicht. Die Fußkette klirrte an der Haltestange.

»So fühlen sich alte Leute, denen man die gesamten Ersparnisse abgegaunert hat«, sagte Willy. »Und das bleibt so für den Rest ihres Lebens.«

Ayhan sah diesen komischen Vogel mit den Muskelpaketen eines Arnold Schwarzeneggers, der an dem Tisch saß und ihn beobachtete. Spöttisch. Verächtlich.

Kaum zu ertragen.

Aber gefährlich.

»Ich bringe dich um!«, sagte Ayhan. Er sagte es leise. Seine Stimme war heiser, belegt, er musste sich räuspern. Er hatte Angst. Panische Angst. Trotzdem mussten die Worte raus.

»Du bist so gut wie tot.«

Willy hatte bereits die ersten dreißig Liegestütze gedrückt, Füße auf dem Stuhl. Lockerer Start in einen neuen Tag.

»Das habe ich oft gehört. Von denen, die mir das angekündigt haben, lebt keiner mehr. Nicht wegen mir. Haben sich von selbst verabschiedet.«

»Du weißt nicht, mit wem du es zu tun hast«, sagte Ayhan.

»Mit einem Arschloch«, sagte Willy.

Er ging zu seinem Spezialkoffer und fand eine Handschelle mit einer fünfzig Zentimeter langen Kette. Er ließ den einen Ring um Ayhans linkes Handgelenk schnappen, den anderen um dessen linken Fußknöchel. Linker Arm und linker Fuß waren jetzt fest verbunden.

Eingeschränkte Beweglichkeit.

Gleicher Effekt wie eine halbseitige Lähmung.

Erst dann löste Willy die Handschelle, mit der Ayhans rechter Fuß über Nacht an dem unteren Rohr des Tresens befestigt war. Er fasste Ayhan unter die Achseln, hob ihn hoch und stellte ihn auf die Beine wie eine Schaufensterpuppe.

Sah ganz leicht aus.

Die Wolldecke glitt zu Boden wie eine abgelegte Tunika.

Ayhan schnappte nach Luft. Die Berührungen durch diesen Menschen waren kaum auszuhalten. Ayhan wollte töten und hatte keine Chance, sich zu wehren. Er wollte brüllen. Er wollte, dass ein Schädelknochen unter dem Hieb seines Totschlägers platzte. Er wollte Knochen splittern hören. Er wollte Blut sehen. Und jetzt stand er einfach nur da.

Ausgeliefert.

Er wurde behandelt wie ein Kleinkind.

»Waschen vor dem Frühstück«, sagte Willy. Er stieß die Faust in Ayhans Rücken, schob ihn vor sich her in den Toilettenbereich, dem Billardraum gegenüber.

Ayhan konnte nur den rechten Fuß frei bewegen, der linke war am linken Handgelenk fixiert. Er hinkte, er hüpfte in schräger Körperhaltung wie eine defekte Marionette. Genauso fühlte er sich. Er ließ sich von den Stupsern in seinem Rücken treiben. Keine Möglichkeit für große Sprünge.

»Sauberkeit ist bei uns oberstes Gebot«, sagte Willy.

Er gab Ayhan einen Stoß, der ihn bis zum Waschbecken beförderte. »Du hast zehn Minuten. Für alles.«

Willy baute sich im Türrahmen auf. Die Tür blieb offen.

»Und vergiss die Ohren nicht!«

Der Tod ist Wirklichkeit, irgendwann. – Aber bis dahin gutes Leben

Orangensaft, Kaffee, Milch, Joghurt, frische Erdbeeren, Butter und Croissants. Alles schön arrangiert. Adrettes Deckchen auf dem Tablett. Und die Milch war heiß und aufgeschäumt.

Da hatte jemand Gastronomieerfahrung.

Carola hatte an alles gedacht und von oben aus ihrer Wohnung hergebracht, was gefragt war. Alles, was zu einem guten Frühstück gehört. Der runde Tisch auf der Kegelbahn war üppig gedeckt. Dazu lag frischer Kaffeeduft in der Luft. Atmosphäre eines gemütlichen Tagesbeginns.

Eigentlich.

Auf dem Tresen stand ein Tablett mit einer kleinen Auswahl von allem.

Nur ein Frühstücksmesser lag dort nicht.

Besser so.

»Ich trinke keinen Kaffee!«, sagte Ayhan.

Er saß auf seinem Hocker, war wieder mit dem Handgelenk an die Haltestange gekettet. Er hatte sich gewaschen, gekämmt, sah trotzdem so aus, wie jemand, der eine wilde Nacht hinter sich hatte.

Eine sehr wilde Nacht.

War ja auch was dran.

Der Blick in den Spiegel hatte ihm den Rest gegeben. Unrasiert, ungepflegt. Die Kleidung zerrissen, verschmutzt. Das war nicht er! Unmöglich. Das war nicht der große Ayhan. Der Stolz der Familie.

Keine Würde.

In der Hand von diesen Clowns.

»Ich trinke nur Tee«, sagte Ayhan.

»Tee ist aus«, sagte Willy. »Schokoriegel mit Nüssen und Mandeln übrigens auch.«

Ayhan wollte aufspringen, wollte diesen Kerl erwürgen – war das überhaupt ein Kerl? – wollte ihm den Kehlkopf zertrümmern, ihn zum Schweigen bringen. Der Typ hatte ihn berührt, ihn Ayhan, hatte ihn beschmutzt. Ayhan zerrte an der Fessel. Der Ring scheuerte an seinem Handgelenk, trotz der albernen Plüschummantelung in zärtlichem Rosa.

»Ihr seid so gut wie tot!«, zischte Ayhan.

Willy nickte, schnitt bedächtig Erdbeeren in seinen Joghurt, gab eine Prise Vanillezucker dazu, rührte sorgfältig um.

»Aber bis dahin gutes Leben«, sagte er.

Fast vierundzwanzig Stunden lang hatte das Gehirn die Realität ausgeblendet, jede Kritik, jede sachliche Analyse, jede Gefahrenabwägung. Das muss so sein, wenn der Selbstschutz funktionieren soll. Wenn der Druck zu groß wird, übernimmt der Instinkt die Kontrolle. Seit Jahrtausenden ist das so.

Funktioniert.

Die Menschheit hat bisher überlebt. Nur deshalb.

So ist das in großen und in kleinen Kriegen.

Carola war gestern in ihrem Krieg gewesen.

Sie hatte eine Schlacht geschlagen.

Vorbei.

Ab jetzt übernahm der Verstand wieder. Das ist nicht immer einfach. Der Verstand deckt auf, legt alles auf den Tisch.

Kann ganz schön hart sein.

»Ich habe es durchziehen wollen«, meinte Carola und

wischte sich über die Augen. Sie sprach leise, nachdenklich. Es sah so aus, als ob sie das nur ihrer Kaffeetasse erzählte. Es wirkte wie ein Selbstgespräch.

Willy hörte zu. Und es war wichtig, dass jemand zuhörte.

»Es war gut«, sagte Willy.

»Diese Schweine müssen unbedingt gestoppt werden, oder?«

»Das müssen sie. Und das werden sie.«

»Was wäre passiert, wenn er den Schokoriegel nicht gegessen hätte?«, fragte Carola ihre Kaffeetasse.

»Er hat ihn gegessen«, sagte Willy. »Nur das zählt.«

Carola nickte. »Die dürfen nicht einfach immer weitermachen. Immer weiter, immer neue, alte und hilflose Opfer suchen, ausnehmen, deren Leben zerstören.«

»Es ist in Ordnung, Carola.«

»Ich hatte keine Angst. In keinem Augenblick.« Jetzt hob sie den Kopf und blickte Willy an. »Glaubst du mir das?«

»Ich glaube dir das.«

»Ich habe es durchziehen wollen. Ich allein. Es musste einfach sein.«

»Du hast es geschafft. Du bist mutig.«

»Als der Typ anrief und mir diese Story von Inga erzählte ... Diese Grausamkeit, diese Niedertracht ... Ich war einfach nur unbeschreiblich wütend.«

Sie nippte an ihrem Kaffee.

»Und es ist nicht gut, wenn ich wütend bin«, sagte sie. »Das war es nie.«

Sie lächelte unsicher. Da war auf einmal viel Wasser in ihren Augen.

»Ich weiß«, sagte Willy. »Du hast ihn genau da erwischt, wo er schwach war. Du hast seine Gier geweckt. Du hast Ringe und Ketten und Goldschmuck versprochen. Und er hat sich selbst überschätzt, hat dich für eine hilflose Puppe gehalten. Aber du warst besser als er. Stärker. Viel stärker. Du hast ihn zu deinem Zombie gemacht.«

»Vielleicht«, sagte Carola leise.

Ein Tropfen löste sich aus ihren Augenwinkeln, zog eine Glanzspur über ihre Wangen. Sie ließ es zu.

»Nur jetzt, jetzt wo alles vorbei ist, jetzt habe ich Angst«, sagte sie.

»Du hast ihn besiegt!«

Er legte seinen Arm um ihre Schulter. Er hielt sie fest, aber er ließ ihr Raum. Perfekt dosierte Kraft. Willy verstand etwas davon.

»Und jetzt bist du nicht mehr allein«, sagte er. »Deine große Schwester ist bei dir.«

Carola nickte. Atmete tief durch. Lächelte Willy an.

»Sieh diese traurige Gestalt dort!«, sagte Willy und deutete zur Theke. »Kein Grund mehr für Angst.«

Ayhan hatte die beiden beobachtet. Er hatte versucht, zu lauschen, aber kaum etwas verstanden. Jetzt sahen ihn beide an. Diese alte Frau und dieses Monster. Musterten ihn.

Nur den letzten Satz hatte er verstanden.

Der letzte Satz war wie ein Messerstich.

Neben der Thermoskanne lag ein gepolsterter DIN-A3-Umschlag auf dem Tisch. Er war prall gefüllt. Carola riss die Verschlusslasche auf und schüttelte den Inhalt auf den Tisch, Flyer, Werbeprospekte und Informationsbroschüren aus der Bank.

»Sieh dir das an«, sagte Carola.

Ayhan sah zu und stöhnte.

»Ich habe alle Prospektaufsteller im Vorraum der Bank geplündert, die ich erwischen konnte«, meinte Carola. Sie wischte die feuchte Spur auf ihrer Wange weg. »Der Umschlag musste doch nach viel Geld aussehen. Dabei weiß ich gar nicht, wie viel Platz eine große fünfstellige Summe wirklich gebraucht hätte.«

»Das da sah nach einer sehr großen fünfstelligen Summe aus. Du hast alles richtig gemacht.«

»Es sollte realistisch sein«, meinte Carola.

»Er sitzt dort drüben auf dem Hocker«, sagte Willy. »Sieh ihn dir an. Seine Hände sind gefesselt. Also war es realistisch.«

»Realistisch ist, dass ihr tot seid«, flüsterte Ayhan.

Stell dir vor: Ayhans Handy liegt auf dem Frühstückstisch, neben seiner Brieftasche, neben den Croissants und neben Carolas Kaffeetasse.

Ein einzelner Signalton.

Das Display wird hell und meldet eine eingegangene Textnachricht.

Die Nummer des Absenders ist ausgeblendet.

Die Textnachricht ist sehr kurz.

Sie besteht nur aus einem einzigen Zeichen.

Sie lautet: ?

Wenn jemand anfängt, mit deinen Körperteilen das Krematorium zu heizen, musst du cool bleiben

Karl Heinz lebte gut auf einem Bein. Er litt nicht mehr darunter, dass das andere fehlte.

Karl Heinz war in Pension gegangen, kurz nachdem das allgemeine Rauchverbot in Büroräumen Gesetz wurde. Galt damit auch im Kommissariat, galt auch in seiner Dienststelle. Bis zu diesem Zeitpunkt war seine Arbeit sein Leben gewesen. Danach wurde das Leben Arbeit. Die Wege zur neu installierten Raucherecke alle fünfzehn Minuten - wer sollte das aushalten?

Ein Leben ohne Zigaretten konnte er sich nicht vorstellen, ebenso wenig wie ein Leben ohne Verbrecherjagd. Es stellte sich allerdings sehr schnell heraus, dass die fehlende Verbrecherjagd doch leichter zu verschmerzen war als das verbindliche Rauchverbot.

Es galt Prioritäten zu setzen.

Die zunehmenden Schmerzen im rechten Bein waren eine andere Hausnummer. Tabletten halfen ihm eine Zeit lang durch den Tag und vor allem durch die Nächte. Aber die Drogen wurden zunehmend härter, die Dosierungen höher. Das kannte er von den Junkies. Das waren ernst zu nehmende Warnzeichen. Er war ja nicht blöd.

Büroarbeit wurde unmöglich, der Weg zur Raucherecke wurde Folter. Dabei war die Lösung so einfach: Ein viertel Jahr krankfeiern und zu Hause rauchen, damit die Zeit bis zur Altersgrenze überbrücken und dann den Dienst quittieren.

Saubere Sache.

So ging das.

Zu seiner offiziellen Pensionierung schenkten ihm die Kollegen eine Urkunde, einen Blumenstrauß und einen selbst gebackenen Sahnekuchen in Zigarettenform.

War 'ne tolle Truppe.

Zwei Tage später sägte ihm ein Chirurg das rechte Bein ab. Da war der Kuchen nicht aufgegessen und die Blumen nicht verwelkt.

Schwere periphere arterielle Verschlusskrankheit. Nach einer Flasche Rotwein ging das Wort nicht mehr so flott von den Lippen. Der Arzt sagte nur pAVK.

Klang harmloser.

War aber dasselbe.

Lange ignoriert, nie behandelt.

Nur so hatte sich Karl Heinz schließlich die klugscheißerischen Sprüche der Ärzteschaft ersparen können. Die brauchte er nicht. Selbst dann nicht, als sich die ersten Gewebeteile bläulich und später schwarz verfärbten.

Der Vorschlag, das Rauchen aufzugeben, war für ihn nie eine Option gewesen. In seinen Augen war das keine seriöse Therapie. Für solche Ratschläge musste man nicht studiert haben, hatte er all denen gesagt, die es hören wollten und vor allem denen, die das nicht hören wollten und ihn ab diesem Zeitpunkt für nicht mehr zurechnungsfähig hielten.

Altersstarrsinn.

Das war ab jetzt gängiger Begriff in der innerfamiliären Unterhaltung, wenn es um ihn ging. Humpelte er eben auf drei Beinen zum Einkaufen. Was soll's? Es gibt heutzutage bildschöne Krücken. Ging nicht mehr so tänzerisch, aber es ging. Hinter Strauchdieben musste er ohnehin nicht mehr herrennen. Das war lange vorbei. Und die Schmerzen waren auch vorbei.

Meistens jedenfalls.

»Als Fußballtrainer würde ich Ihnen jetzt keinen Vertrag mehr anbieten«, hatte sein Chirurg nach der Operation gesagt.

Komiker im weißen Kittel. Auch das noch! Kann man drauf verzichten. Wenigstens seine Schlachterschürze hatte der vorher ausgezogen.

»Und wenn Sie nicht sofort, und ich meine damit *sofort*, das Rauchen einstellen, können Sie sich selbst das ab jetzt schon um fünfzig Prozent reduzierte Schuhekaufen ganz sparen.«

»Das Bein ist ja ab«, hatte Karl Heinz geantwortet. »Also kann ich ruhig weiterrauchen.«

»Da gibt es noch ein anderes Bein«, hatte ihn der Chirurg aufgeklärt.

Ein echter Besserwisser.

»Das ist bei vielen Menschen so.«

»Jedes ist für sich selbst verantwortlich«, hatte Karl Heinz gesagt und sich gleich im Krankenzimmer und in Gegenwart des Arztes eine Zigarette angezündet.

Provokation als Eigentherapie.

Der Arzt hatte die Augen verdreht, aber nicht eingegriffen.

»Davon leben wir«, hatte er nur gesagt. »Wir! – Nicht Sie.«

Er hatte den Fensterflügel des Krankenzimmers weit aufgestellt und den Raum verlassen.

Die Stationsschwester musste anschließend das Rollkommando geben. Diese verkappte Amazone hatte seinen Zigarettenvorrat wortlos, ohne Diskussion und Erklärung, beschlagnahmt.

Ohne Durchsuchungsbeschluss.

Ohne richterliche Anordnung.

Also illegal.

So etwas hätte er sich früher einmal erlauben sollen! Die ganze Welt wäre über ihn hergefallen. Disziplinarverfahren mit eingeschlossen. Frisch operiert konnte er nicht einmal hinter ihr herlaufen und um seine Rechte kämpfen. Dazu fehlte das Sprungbein. Das half jetzt, irgendein Krematorium zu heizen. Und seine Dienstpistole hatte er bei der Pensionierung abgeben müssen.

So ist das gewesen.

Es war eine verdammt harte Zeit.

»Schön hier draußen«, sagte Karl Heinz und streifte die grauen Ascheflocken von der glühenden Zigarettenspitze. »Frische Seeluft für die Lunge. Gefährlich gut.«

Sie saßen auf dem Vorschiff der Bula Bula in Deckstühlen aus geöltem Mahagoni. Dazwischen ein niedriger Beistelltisch mit Aschenbecher, zwei Kaffeetassen, auf denen ein Ankersymbol aufgedruckt war und einer Thermoskanne in dazu passendem Design.

Die Sonne war an, tat das, was sie am besten konnte: Sie sandte warme, milde Frühlingsstrahlen auf zwei alte Männer auf einem alten Schiff in einem alten Hafen in einer alten Stadt.

Schön.

Joe Cocker war auch da. Der hockte in den Bordlautsprechern und sang: Got to use my imagination. Gut, dass er dabei war. Dieser alte Mann, der immer alles im Griff hatte, obwohl das zwischendurch mal anders ausgesehen hatte. Zumindest für Leute, die nichts davon verstanden, vom Leben, die ihn oftmals abgeschrieben hatten. Sie hatten sich alle geirrt. Er war da und blieb. Er war stark. Nur darauf kommt es an, wenn das Schicksal mit Knüppel schlägt. Songs, die er gecovert hatte, konnte nach ihm niemand wieder singen. Das waren jetzt seine Songs. Und sie blieben es, über seinen Tod hinaus. In alle Ewigkeit, Amen.

»Ich habe zwei Stunden Ausgang«, sagte Karl Heinz. »Dann holt mich Mandy ab.«

»Mandy?«

Karl Heinz nahm einen tiefen Zug an seiner Zigarette.

»Die heißt wirklich so«, sagte er. Dabei quoll weißlicher Qualm aus seinen Nasenlöchern. »Hab ich überprüft.«

»Dinge gibt's ...«

AM goss Kaffee aus der Thermoskanne in ihre Becher.

»Ursprünglich engagiert als Putzhilfe. Entwickelte sich schnell zur Pflegehilfe und ist mir heute allgemein eine große Hilfe.«

»Allgemein?«, fragte AM.

»So im Großen und Ganzen«, meinte Karl Heinz. »Vollumfänglich.«

Er drückte die Zigarette in den Aschenbecher. Jetzt waren die Lippen für einen Moment frei. Gelegenheit für ein bedeutungsvolles Lächeln und für einen nachhaltigen Schluck Kaffee.

»Schon bei dir eingezogen?«, fragte AM.

Sollte ein Witz sein.

War kein Witz.

»Klar«, sagte Karl Heinz.

»Klar«, sagte AM und nickte.

So geht das.

Karl Heinz nahm einen weiteren Schluck Kaffee, rollte ihn im Mund, genießerisch wie Wein, und nickte anerkennend.

»Das hat sie allerdings noch nicht drauf«, sagte er. »Kaffeekochen. Kaffee, so wie den bei dir hier.«

»Mhm«, meinte AM.

»Guter Kaffee muss zeremoniell gefiltert sein«, sagte Karl Heinz. »Das hast du drauf, das merkt man. Mit Liebe gemacht.«

»Mhm«, sagte AM. »Liebe ist wichtig.«

»Diese Kapselautomaten und Cremaejakulierer sind eine kulturelle Perversion!«, sagte Karl Heinz. »Die schaffen keinen Kaffee, nur ein braunes Heißgetränk. Aber das hier ...«, er hob den Becher anerkennend, »das ist Kultur.«

»Vollumfänglich«, sagte AM.

Auf dem Kai ging eine etwa vierzigjährige Frau mit einem kleinen Terrier an der Bula Bula vorbei. Der Hund hockte sich vor die Gangway und löste sich, während Frauchen dem Zug der Wolken zusah und geduldig wartete, bis Hundchen abgelegt hatte und fertig war. Danach schlenderten beide weiter.

Was willst du da machen?

»Hast du noch Kontakt zu deinen früheren Kollegen?«, fragte AM.

Karl Heinz schüttelte den Kopf.

»Von denen raucht ja keiner«, sagte er. »Anfangs haben wir noch regelmäßig einmal im Monat Karten gespielt. Aber inzwischen gibt es keine Aschenbecher mehr auf den Zockertischen. Und wenn ich zwischendurch vor die Tür gehe, kontrollieren die heimlich mein Blatt.«

»Bullen eben«, meinte AM. »Ist so drin.«

Karl Heinz grinste, wollte sogar lachen, es wurde jedoch nur ein raues Husten.

Joe Cocker meinte: I'll drown in my own tears.

»Welche Infos brauchst du denn?«, fragte Karl Heinz. Er klopfte eine frische Zigarette aus der Packung. »So guter Kaffee ist doch sicher nicht umsonst.«

»Stichwort Enkeltrick«, sagte AM. »Was weißt du darüber?«

Karl Heinz hatte das Feuerzeug angedrückt, die Flamme stand wenige Zentimeter vor der Zigarettenspitze. Jetzt zögerte er.

»Heißes Thema, ganz böse Sache«, sagte er. »Bist du kontaktiert worden?«

»Nicht direkt.«

»Indirekt?«, fragte Karl Heinz.

»Allgemeines Interesse.«

Karl Heinz zögerte, die Zigarette anzuzünden. Seine Augen wurden schmal, musterten AM.

»Allgemeines Interesse gibt es nicht«, sagte Karl Heinz. Vierzigjährige Verhörerfahrung endete nicht mit der Pensionierung. Die verliert man auch nicht mit einem amputierten Bein. Er führte die Flamme an die Zigarettenspitze, bevor es dem Daumen zu heiß wurde, nahm einen tiefen Zug. Sofort wurden seine Gesichtszüge milder.

»Mich interessieren die Strukturen«, meinte AM. »Die Organisation, die Hierarchie. Wer plant, wer hat das Sagen? Was geschieht mit dem erbeuteten Geld, was mit dem Schmuck? Diese Sachen eben.«

Karl Heinz nickte.

»Genau. Das ist das, was interessiert. Uns übrigens auch. Seit Jahren.«

Er sagte noch immer uns. Selbst Jahre nach der Pensionierung. Manche Dinge ändern sich nicht. Korpsgeist. Das Wirgefühl bleibt.

Er richtete sich in seinem Deckstuhl auf.

»Es gibt eine Soko bei uns, wie in fast allen größeren Städten. Die arbeiten seit Jahren daran. Und seit Jahren stellen sie sich genau diese Fragen.«

»Erfolgreich?«, fragte AM.

Karl Heinz atmete tief durch, zum ersten Mal nur frische Luft, keinen Rauch.

Überraschung. Ging tatsächlich.

»Kollegen in Stuttgart oder München waren schon mal ziemlich weit«, sagte er dann. »Hatten die Namen der Hintermänner, der Chefs, hatten sogar Fahndungsfotos in guter Qualität, Adressen in der Türkei, Hotels in Izmir, in die das Geld angelegt war. Sie hatten ihre türkischen Kollegen kontaktiert, Daten offengelegt, um Amtshilfe gebeten. Nichts ist passiert. Eine Delegation von uns ist nach Izmir und Istanbul gereist. Sie wollte die Arbeitsweise der Kollegen dort vor Ort kennenlernen, ihre Systeme verstehen, um effektiver zusammenarbeiten zu können.«

»Und?«, fragte AM.

»Sie sind freundlich empfangen worden«, sagte Karl Heinz.

»Und dann?«, fragte AM.

»Nichts!«, sagte Karl Heinz. »Freundlichkeit war alles. Und Verständnis. Außerdem guter Çay in entspannten Runden.«

»Gab es eindeutige Beweise gegen die Täter?«

»Was ist schon eindeutig?«, sagte Karl Heinz. »Das entscheidet letztendlich der Richter. In einem Fall ist es, meines Wissens, tatsächlich zu einer Anklage gekommen. In Istanbul. Der Prozess zog sich hin, über Jahre. Ich weiß nicht, was daraus geworden ist. Wenn du das türkische System kennst und wenn du Geld hast, wirst du dort nicht verurteilt.«

»Und Geld ist wohl da«, meinte AM.

Karl Heinz nickte.

»Viel Geld. Sehr viel Geld! Man sollte meinen, die Bevölkerung ist inzwischen aufgeklärt, kennt die Tricks, weiß Bescheid, denn es ist stets die gleiche simple Masche.« Karl Heinz schüttelte den Kopf. »Laufend wird gewarnt. Ich kann es mir nicht erklären, warum es trotz allem weiterhin funktioniert. Da werden unglaubliche Summen abgriffen und nach Bulgarien und in die Türkei transferiert.«

»Kennt ihr die Wege?«, fragte AM.

»Hawala«, sagte Karl Heinz. »Ein uraltes Transaktionssystem. Wurde im arabischen Raum und gesamten Orient bereits im Mittelalter entwickelt und ist heute mithilfe moderner Kommunikationssysteme wie SMS, WhatsApp und Telegram unschlagbar bei der Verschiebung von Schwarzgeld. Schmutziges Geld kann damit sehr, sehr schnell verschickt und vor allem überall empfangen werden. International, inoffiziell und anonym. Weltweit.«

»An den Banken vorbei?«

»Natürlich. Das ist ja der Clou. Keine Registrierung, keine Überwachung, weder bei der Einzahlung noch bei der Auszahlung. Damit keine finanzstaatliche Kontrolle.«

»Natürlich illegal.«

»Natürlich. Verstöße gegen das Außenwirtschaftsgesetz sind so bei Überweisungen in Länder, die einem Embargo unterliegen, die Regel. Terrorfinanzierung, Geldwäsche, gewerbsmäßige Steuerhinterziehung, Verstoß gegen das Kreditwesengesetz, die ganze Palette. Es gibt keinerlei Kontrolle durch die BaFin.«

»Von welchen Summen reden wir hier?«, fragte AM. »Ist das bekannt?«

Karl Heinz zuckte mit den Schultern, blickte auf seine Zigarette und schien sich zu wundern, dass die Glut schon wieder den Filter erreicht hatte. Wie schnell so was ging.

»Nur Schätzungen«, sagte er. »Weltweit über zweihundert jährlich.«

»Millionen?«

»Milliarden!«

Das ist ein Job, der dich prägt. Zumindest verändert er dein Aussehen mit der Zeit

Mattschwarz lackierte Karosserie. Stoßstangen und Felgen in der gleichen Farbe. Kein Chrom, keine Verzierungen. Die Scheiben hinten schwarz getönt, von außen undurchsichtig. Mehr als fünf Meter lang, über zwei Meter breit. Bullernder Sound aus einem aufgeladenen 8-Zylinder-Motor mit über 790 PS. Aufgeworfene Radkästen, damit die Breitreifen ausreichenden Platz haben. Allrad. Demontiertes Typenschild. Veränderte Designelemente. Auf den ersten Blick kein Hersteller erkennbar.

Mysterieauto.

Ein Auto für Leute, die sonst nichts zu sagen haben.

Ladenpreis: satt sechsstellig.

Verbrauch: keine Angaben. Aber Strudel im Tank bei Vollgas.

Der Wagen fuhr langsam am Wohnzimmer vorbei, hielt einhundert Meter weiter an, wendete und parkte auf der Gegenfahrbahn.

Sonnenstrahlen fielen ins Führerhaus, beleuchteten die Gesichter von Fahrer und Beifahrer.

Sie konnten Zwillinge sein.

Ihre Gesichtszüge waren gleichartig demoliert. Vielleicht hatten sich beide beim Säuglings-Wrestling mal gegenseitig vom Wickeltisch geschmissen, waren dabei aufs Gesicht gefallen und wurden ab dann ausschließlich mit wild gerissenen, rohen und blutigen Fleischfetzen gefüttert. Das wäre eine mögliche Erklärung dafür, dass sie wohl selbst für ein Passbild die Freigabe der Freiwilligen Selbstkontrolle benötigten.

Keine Augenbrauen.

Auf dem Narbengewebe wuchs nichts mehr.

Gebrochene Nasen hatten beide, Narben am Jochbein ebenso, der eine rechts, der andere links. Dafür waren bei beiden wieder die Lippen gleichmäßig schorfig aufgeplatzt und schlecht verheilt.

Die Zähne restauriert, Baukastensystem, Sonderangebot, die Größe ungenau.

Derselbe Friseur.

Die Köpfe waren seitlich über den Ohren und im Nacken rasiert, Länge 0. Nur in der Mitte des Kopfes stand bei beiden ein zwei Zentimeter breiter Streifen schwarz gefärbter Haarstoppel.

Die Augen lagen versteckt in schweren Hautwülsten. Kein Hals, der Stiernacken fleischig, muskulös, verdeckt vom aufgestellten Kragen einer schwarzen, sehr teuren Lederjacke.

An den Zähnen gespart, mit dem Outfit protzen!

Schwierige Lebensphilosophie.

Das schwarze T-Shirt war ohne Aufdruck, ohne Motto. Zusätzliche Bilder waren hier nicht erforderlich. Beide Erscheinungen waren als Ganzes plakativ genug.

Jeder der wusste, wer von beiden die Narben links trug und wer rechts, konnte sie leicht unterscheiden. Jeder andere würde sie nicht ansprechen und fragen.

Reaktionen waren unberechenbar.

Die beiden beobachteten den Nebeneingang zum Wohnzimmer, registrierten die dort abgestellten Fahrräder, die Mülltonnen, das Elektromobil.

Der schwere Motor bullerte im Leerlauf weiter, röhrte nur kurz mal auf, wenn der Fahrer das Gaspedal berührte.

Sie starrten fünf Minuten, ohne miteinander zu sprechen.

Dann setzte der Fahrer ordnungsgemäß den Blinker links, löste sich vom Straßenrand, fuhr ein zweites Mal am Wohnzimmer vorbei. Beide beugten sich bis zur Windschutzscheibe vor, sahen an der Hausfassade hoch, musterten die Fenster der Wohnungen im ersten Stock.

»Adresse stimmt«, sagte der Beifahrer.

»War er hier?«, fragte der Fahrer.

»Muss wohl«, sagte der Beifahrer.

Der Fahrer nickte.

»Wenn der Chef meint ...«

»Meint, er spielt sein eigenes Spiel«, sagte der Beifahrer.

Der Fahrer produzierte in seiner Kehle ein Geräusch, das wie ein drohendes Knurren klang.

Ein tierisches, drohendes Knurren.

Er gab Gas.

Der Motor produzierte ein technisches Knurren.

Passte alles zusammen.

Der Wagen beschleunigte, hielt nicht mehr an.

Wer hat eigentlich gesagt, alte Esel sollten nicht mehr aufs Eis gehen? Wäre doch ein gutes Training für Kondition und Bewegungskoordination

Karl Heinz klopfte eine neue Zigarette aus seiner Schachtel. Der Vorrat würde nicht mehr lange reichen. Erstaunlich, wie schnell so ein Inhalt schrumpfen kann, wenn keiner in der Nähe quengelt oder demonstrativ die Fenster aufreißt.

Das ist Freiheit auf einem Segelboot.

AM fiel auf, dass die Zigarettenpackung keine Steuerbanderole trug.

Joe Cocker was shocked.

AM goss Kaffee nach.

»Der eine Händler, der Hawaladar, sitzt hier in Deutschland«, sagte Karl Heinz. »Das kann ein völlig unverdächtiger Schlüsseldienst sein, eine Änderungsschneiderei, ein Pfandleiher oder ein regulärer Juwelier. Irgendwas. Egal.

Der andere Hawaladar hat seinen Laden vielleicht in Istanbul. Wenn ich jetzt – sagen wir – zwanzigtausend Euro an den Banken vorbei zu meinem Kumpel in die Türkei schicken will, übergebe ich dem Händler hier das Geld, verbunden mit einem Codewort. Dieses Codewort nenne ich per SMS dem Händler in Istanbul und gleichzeitig meinem Freund, der das Geld abholen soll. Mein Freund in Istanbul geht zu dem Hawaladar dort, nennt das Codewort, der fragt bei dem Hawaladar in Deutschland nach, ob unter diesem Code die entsprechende Summe eingezahlt worden ist, zieht seine Provision von einem Prozent ab und zahlt meinem Kumpel die Kohle aus. Das dauert nur ein, zwei Minuten. Keine Buchführung, keine Registrierung, keine BaFin, keine Identitätskontrolle, keine Unterschrift. Alles auf Vertrauen.«

»Das Vertrauen muss grenzenlos sein«, sagte AM.

»Ist es«, bestätigte Karl Heinz. »Ist kulturell verankert. Funktioniert schon seit dem Mittelalter, nur damals ohne Handy. Klar.«

»Klar!«, sagte AM.

Krasse wirtschaftliche Parallelkultur. Dogmatisch, streng, beständig über die Jahrhunderte. Stabil, und dennoch flexibel genug, moderne Entwicklungen und Technik bei Bedarf zu integrieren.

Bewundernswert.

»Und wer betrügt ...?«

»Der wird geächtet, fliegt aus der gesellschaftlichen und religiösen Gemeinschaft. Kann sich in den Moscheen nicht mehr sehen lassen. Der ist erledigt. Für immer. Das traut sich keiner. Wahrscheinlich würde der danach schneller ableben, als ich mit Raucherbein und erneut verstopftem Bypass. Da gibt es Regulatoren, die stark sind, brutal und gnadenlos.«

»Der Hawaladar in Istanbul in deinem Beispiel hat also das Geld ausgezahlt ...«

»Mhm.«

Rauch floss aus Karl Heinz' Nasenlöchern.

»Damit hat er aber ein Defizit, denn das Geld liegt ja nach wie vor real in Deutschland.«

Karl Heinz nickte.

»Stimmt. Das wird erst bei einer der nächsten Transaktionen verrechnet und ausgeglichen, nämlich, wenn der Transfer mal in die Gegenrichtung läuft. Die Geschäfte laufen ja nicht nur zwischen Deutschland und der Türkei, sondern funktionieren weltweit. Amerika, Australien, Kanada, der Ferne Osten, überall. So werden Drogen, Waffen, Fahrzeuge, Dienstleistungen und Wertgegenstände wie Schmuck wertmäßig transferiert. Von überallher nach überallhin. Hin und her. Die Finanzwellen rollen unablässig um unseren gesamten Planeten. Das gleicht sich alles irgendwie aus. Natürlich ohne Buchführung, Registrierung und Aufzeichnung.«

»Keine Identifizierung der Beteiligten?«

»Vollständig anonym«, sagte Karl Heinz, »kaum realistische Chancen für Ermittler. Selbst wenn wir mal mit viel Glück und Arbeit einen Hawaladar finden könnten, würde uns eine Razzia nicht die Spur eines Beweises oder ergänzende Anhaltspunkte liefern. Es gibt ja keine Akten, keine Namen.«

Joe Cocker kommentierte: Bad bad sign.

»Es sei denn ...«

»Also doch nicht perfekt?«

»Nun ja«, meinte Karl Heinz, »die Schwachstelle ist der Faktor Zeit. Und zwar, wenn in viel zu kurzer Zeit viel zu viel Geld in nur eine Richtung läuft, gibt es ein Problem. In dem Fall kann der notwendige Rückfluss durch Ausgleichsgeschäfte stocken oder funktioniert nicht schnell genug. Kann passieren. Ist natürlich blöd.«

»Weil die Händler in der Türkei oder dem Irak nicht auszahlen können«, sagte AM.

Karl Heinz nickte.

»Vor allem die kleineren. Die brauchen dann frisches Bargeld. In echt.«

»Was aber woanders liegt. Zum Beispiel hier bei uns.«

»Eben. Und schon haben wir einen Job für schwarze Kuriere. Die müssen die Kohle oder den Schmuck auch physisch, also real, in Banknoten, zu den jeweiligen Händlern bringen.«

»Getarnt als Fernfahrer oder Touristen ...?«

»Möglich. Oft sind das Leute am Rande der Organisation,

die sich erst bewähren wollen oder nach einem Versagen wieder bewähren müssen.«

»Ein gelungener Transport wäre für sie eine Empfehlung für höhere Aufgaben.«

»Oder eine Wiedergutmachung. Eine Art Buße.«

Die Zigarettenpackung war leer. Der Aschenbecher voll. So geht das. So ist das Leben. Der Wind zupfte an den kalten, grauen Ascheflöckchen.

»Damit liegt hier das einzig echte Risiko dieses Systems«, sagte AM.

Karl Heinz fand ein frisches Zigarettenpäckchen irgendwo in den Taschen seiner Jacke. Ausreichender Reiseproviant ist lebenswichtig. Auf allen Wegen.

»Als kalkulierbares Risiko«, sagte er. Die jungfräuliche Kippe wippte dabei kalt zwischen seinen Lippen. »Ganz selten erwischen die Kollegen vom Zoll mal den ein oder anderen Boten. Sicher, wir haben Diensthunde, die Geld erschnüffeln können, aber davon gibt es viel zu wenig. Außerdem lässt sich nicht jedes Fahrzeug an der Grenze kontrollieren. Die beschlagnahmten Summen sind deshalb überschaubar und stehen in keinem Verhältnis zu dem tatsächlich verschobenen Vermögen. Die dabei verhafteten Kuriere sind Kollateralschäden. Arme Wichte, denen niemand nachtrauert.«

»Uff«, sagte AM.

»Du sagst es.« Karl Heinz schnippte das Feuerzeug an und vergrößerte mit dem Brand einer weiteren Zigarette seinen negativen CO_2 Fußabdruck.

Noch ging das.

Einseitig.

Die beiden Männer blickten in die Sonne, genossen die

warmen Strahlen, die Musik. Dachten darüber nach, was auf dieser Welt so alles schieflaufen konnte.

»Und jetzt bist du dran!«, sagte Karl Heinz.

AM sah ihn an.

»Allgemeines Interesse nehme ich dir nicht ab«, sagte Karl Heinz.

AM überlegte, wollte etwas sagen, zögerte.

Ein spitzer Schrei von der Kaimauer lenkte beide ab.

Vor der Gangway hüpfte eine junge Frau auf einem Bein, wedelte mit den Armen, um das Gleichgewicht zu halten. Irgendwas Ungewolltes klebte an ihren Schuhen. Sie bewegte sich an den Rand der Mauer, streifte dort ihre Sohle mit harten Bewegungen an der Kante ab. Dabei schimpfte sie in schrillen, hohen Tönen, die aber bis auf die Bula Bula kaum zu verstehen waren. Lediglich Scheiße, Hundevieh und die Wortkombination Scheißhundevieh drang durch. Die Verständlichkeit wurde allerdings nachhaltig durch die andauernden Wiederholungen unterstützt. Alter Lehrertrick. Schließlich zog sie beide Schuhe aus und warf sie in hohem Bogen in das Hafenwasser.

Angeekelt. Wütend.

Weg damit!

»Darf ich vorstellen, Mandy«, sagte Karl Heinz.

Er sprach so leise, dass AM ihn kaum verstand.

»Angenehm«, sagte AM ebenso leise.

Beide Männer bewegten sich dabei nicht in ihren Deckstühlen, beobachteten nur. Die Situation vertrug keinen Kommentar. Keine falsche Bewegung.

Vorsicht!

Barfuß lief Mandy jetzt über die Gangway auf das Schiff. Ihre blonden Haare waren zu einem wuscheligen Knäuel auf dem Hinterkopf zusammengebunden. Der Haarbusch wippte im Takt ihrer Schritte. Sie trug eine Jeans mit exakt positionierten Designerflicken im Kniebereich und ein helles, lockeres Seiden-T-Shirt, unter dem sich ihre Brüste wie Diebe hinter einem Vorhang verbargen. Sie war geschätzte vierzig Jahre jünger als Karl Heinz. Und sie war jung und aktiv genug gewesen, um sich von einer Putzhilfe zu einer Hilfe im Großen und Ganzen hochzuarbeiten.

Vollumfänglich.

Auch mit knappen siebzig spült das Testosteron noch das Denksystem, dachte AM.

Und damit das Kontrollsystem.

Mandy sah die beiden Männer, die an Deck saßen und ihr zuschauten, winkte ihnen zu und lachte. Ein nettes, freundliches, offenes Lachen war das.

Verstehe, dachte AM.

»Ich mag keine Hunde«, sagte Mandy zur Begrüßung. »Insbesondere keine Hundescheiße. Die Schuhe waren ganz neu.«

»Da wo die herkommen, gibt es noch andere«, sagte Karl Heinz. Er stand auf. War gar nicht so leicht mit nur einem Bein. Die beiden Gehhilfen lehnten an der Reling.

»Meine Zeit für heute ist um«, sagte er zu AM.

You know it's gonna hurt, meinte Joe Cocker.

»Ich halte dich auf dem Laufenden«, sagte AM.

»Das hoffe ich. Das erwarte ich sogar von dir. Bullen sind deine Freunde. Denk daran. Vor allem einbeinige, alte Bullen.«

»Ich denke daran«, sagte AM.

»Du bist mir zudem eine Erklärung schuldig«, sagte Karl Heinz ernst. Er blickte AM lange und intensiv an. »Das weiß ich, das weißt du und du weißt, dass ich das weiß.«

»Ich rufe dich an«, sagte AM.

Mitwisser nur, wenn auch Mittäter, dachte er. Noch war es nicht so weit. Noch fehlte der Plan.

Darüber hinaus war Mandy bei ihnen. Da ging jetzt gar nichts. Nicht im Augenblick. Keine Chance für außergewöhnliche Erklärungen.

Mandy sah sich auf dem Schiff um, hatte die Finger, soweit es der vom Schneider vorgesehene Platz und ihr Körperbau zuließen, in die engen Gesäßtaschen gesteckt, hüpfte und tänzelte aufgeregt über das Deck wie ein kleines Kind.

»Coole Mucke«, sagte sie.

Karl Heinz nickte.

»Joe Cocker, sagt dir das was? - War vor deiner Zeit. With a little help from my friends ...«

»Friends!« Mandy nickte.

Sie lachte. Sie klatschte in die Hände. Sie kannte sich aus.

»Friends kenne ich«, sagte sie. »Habe ich selbst welche.«

AM freute sich, dass er alt war.

Auch wenn Blinde sehen und Stumme reden – Befehle werden ausgeführt

Die Blinde sah ihn zuerst.

Der Stumme sagte: »Bingo!«

»Wir haben ihn«, sagte die Blinde.

Sie blickten durch die Seitenscheiben von Ayhans schwarzem Audi, schirmten die Lichtspiegelungen auf dem Glas mit den Händen ab, zogen an den Türgriffen, versuchten den Kofferraum zu öffnen.

Der Wagen war verschlossen.

Der Stumme zog sein Handy aus der Hosentasche und fotografierte das Nummernschild. Er zog das Bild in den Messaging-Dienst und schickte es ab. Es dauerte nur Sekunden, da ging die Antwort ein.

Er las.

»Scheiße!«, sagte der Stumme.

Die Blinde sah ihn an.

»Wir sollen in der Nähe bleiben«, sagte der Stumme. »Diskret. Wenn er auftaucht und einsteigen will, sofort Meldung geben.«

»Ich werde meine Augen offen halten«, sagte die Blinde.

Sie nahmen die Pappschilder ab, die sie um den Hals trugen. Schwarze Brille weg, und die gelbe Armbinde mit den drei Punkten auch. Wurde alles nicht mehr gebraucht. Arbeitskleidung in den Kofferraum des alten Toyotas. Obendrauf der weiße Stock.

Klappe zu – Feierabend.

Dieser Parkplatz vor dem Supermarkt hatte sich bewährt. Gutes Pflaster. Dazu Monatsende. Die Rente war überwiesen und steckte in den Portemonnaies der alten Leute. Große

Scheine. Überwiegend Fünfziger. Gestern lief gut. War ein erfolgreicher Tag. Kaum einer der Greise passte wirklich auf. Viel zu naiv, die Alten. Waren leichte Beute.

Eigentlich stünde jetzt ein Ortswechsel an. Dringend! War längst überfällig. Alles eine Frage der Sicherheit. Im Nachbarort waren sie bereits verbrannt. Ging schon durch die Presse. Wurde immer gefährlicher. Abgreifen und verschwinden. Nur so läuft's. Bewährte Guerillataktik: auftauchen, zuschlagen und weg. Die Jungs von früher hatten es drauf. Südamerika, Vietnam; die wussten, wie es geht. Konnte man von lernen.

Der neue Auftrag änderte alles.

Der schwarze Audi.

Die Firma wollte den Fahrer. Weiß der Teufel, was da abging. Keine Diskussion.

Also würden sie in der Nähe bleiben. Es gibt Aufträge, die kannst du nicht ablehnen. Jedenfalls dann nicht, wenn es deiner Familie gut gehen soll.

Familie ist wichtig.

Übles Spiel.

Sie lagen nebeneinander, ganz dicht. Sie spürten den Körper des jeweils anderen auf voller Länge.

»Ich kann meinen großen Zeh knacken lassen«, sagte Carola.

Sie sagte es, ohne die Augen zu öffnen.

»Lass es«, sagte AM, »sonst brülle ich dich mit meinen Kniegelenken in Grund und Boden.«

Liebe im Alter ist anders, dachte AM. Sie ist da, wenn zwei gelernt haben, die Codes des jeweils anderen zu verstehen und zu respektieren, ohne im Einzelnen darunter zu leiden und ohne bitten zu müssen.

Funktioniert.

Es war schön, diese Verbundenheit zu spüren, diese Vertrautheit. Geschwisterlich? Ja, ein bisschen. Aber es war mehr und es war ohne gesellschaftliche oder biologische Einschränkungen und Tabus. Sie beide waren eine Einheit.

Mental siamesisch.

In manchen Dingen gegensätzlich. Auch gut. Aber dennoch untrennbar miteinander verbunden.

Ein starkes Team.

In den Arm nehmen können, wenn es wichtig ist. Einfach festhalten, wenn es angebracht ist. Und ins Bett gehen, wenn es passt.

AM und Carola waren keine Freunde. Sie waren mehr. Sie waren Verbündete. Verbündete im Alter. Da brauchte es keine Romantik oder lyrischen Quatsch. Da brauchte es nur zwei Menschen, die wussten, was wichtig war. Wichtig zum Zusammensein. Wichtig zum Leben.

Das war beiden klar.

Eigentlich ist das jetzt der Moment für die Schlüsselfrage, dachte AM. Die hatte er in seinem Leben schon unzählige Male gehört. Und unzählige Male beantwortet. Und dabei unzählige Male gelogen.

Die Schlüsselfrage lautet: Bist du glücklich?

»Und?«, fragte Carola.

Sie konnte Gedanken lesen.

Keine Lügen mehr. Ich gehe mit spürbarem und zunehmendem Verfall dem Tod entgegen, dachte AM. Es macht mir nichts aus, aber es ist so. Und – ja, jetzt bin ich glücklich.

»Wir machen eine Menge Dinge«, sagte AM. »Wir haben Zukunftsträume, wir haben Erinnerungen, wir haben Energie aus einem gelebten Leben. Du hast dein Motorrad für alle Fälle. Wir haben das Schiff, das ausreicht für unseren gesamten Planeten. Wir haben manchmal ein bisschen Alkohol und vor allem haben wir uns. Wir planen Zukunft und gehen sie an. Das ist wesentlich. Wir sind verrückt. Selbst das ist wichtig. Wir wehren uns, wir machen Gefangene, wir haben Ziele, wir sind aktiv und kreativ. Das alles ist schön. Und das mit dir, das ist nicht kompliziert.«

»Gut«, sagte Carola. Manchmal reicht nur ein Wort für alles.

Sie schmiegte sich näher an ihn.

Gut, dachte AM.

Was wäre ein Leben ohne diese Nähe? Es wäre lediglich ein langes Warten auf den Tod, begleitet von knackenden Gelenken, ausfallenden Zähnen, brüchiger werdenden Strukturproteinen des Bindegewebes und zunehmend überforderten Organen. Leben ist langsames Sterben, von Anfang an. Wir sind aufgeschmissen ohne Nähe, ohne Zuneigung, ohne Berührungen, ohne Sex. Niemand könnte das aushalten. Wir brauchen diese kleinen und manchmal großen Höhepunkte. Sie sind der Ausgleich für das Grauen des Verfalls.

»Altern kann ganz schön hart sein«, meinte Carola. »Aber allein zu altern ist Folter.«

»In dem Fall wäre es besser, schon als Baby sofort nach dem Start in die Kabine zurückzugehen«, sagte AM.

»Schöner Vergleich. Vielleicht würden wir uns da dann treffen.« Sie lächelte hintergründig. »Wir könnten zusammen ...«

»Gute Idee«, sagte AM. »Und danach würden wir Hand in Hand zurück an den Start gehen.«

»Nur um alle anderen doch noch zu überholen?«

»Weil wir mit unserer Power unbesiegbar sind«, sagte AM.

Carola richtete sich auf, stützte ihren Kopf auf ihre Arme. Sie sah ihn an.

»Das sind wir. Unbesiegbar!«

»Es wird Zeit, das Ayhan zu erklären«, sagte AM.

»Das machen wir«, sagte Carola.

Es gab Pizza.

AM balancierte einen Turm von vier Kartons auf der linken Hand, die rechte trug einen Kasten Mineralwasser. Mit dem Fuß stieß er die Tür zum Seiteneingang hinter sich zu, korrigierte mit einem Ausfallschritt die verdrehte Körperhaltung, besser für die Bandscheibe, fand das Gleichgewicht wieder, ließ den Wasserkasten auspendeln.

Mineralwasser neben den Tisch auf den Boden, Pizzakartons auf die Platte.

»Pizza«, sagte AM. Er klappte die Deckel auf. »Quattro Formaggi, Tonno, Completa, Frutti di Mare.«

Sofort roch es nach Kräutern, gegrilltem Käse und Knoblauch auf der Kegelbahn.

Mediterran.

Das war schön. Entspannt.

»Wir sind nicht in Guantanamo«, sagte AM. »Der Gefangene hat die erste Wahl.«

Ayhan verzog das Gesicht.

»Wie lange wollt ihr das durchziehen?«, fragte er.

»Das verraten wir dir gleich«, sagte Carola.

»Formaggi oder Mare?«, fragte AM.

»Käse«, sagte Ayhan. Er sagte es leise. Es kostete ihn erkennbar Überwindung, das herauszubringen.

»Wie bitte?«, fragte Willy. Er formte die Hand zu einer Muschel und hielt sie hinter das Ohr.

»Käse!« Diesmal lauter, entschlossener, bittender. Hunger ist ein starker Trieb.

»Na also«, meinte Willy. »Die Kommunikation klappt doch inzwischen.«

Die Pizzen waren bereits geschnitten. Das war gut. Weil Messer und Gabel in dieser Runde tabu waren.

Hatte seinen Grund.

Carola nahm ein Viertel der Quattro Formaggi, brachte es zum Tresen. Ayhan nahm das Stück, mit der ungefesselten Hand, rollte es mundgerecht zusammen.

Jetzt griffen auch die drei anderen zu. Meeresfrüchte gingen gut.

Sie bissen ab, kauten, sahen sich dabei gegenseitig zu. Niemand sprach. Ruhige Stimmung. Gemütlich.

Ayhan war als Erster fertig.

»Nachschlag?«, fragte AM.

»Tonno«, sagte Ayhan. Feste Stimme.

Willy grinste.

»Na, also«, sagte er.

Er brachte Ayhan das gewünschte Viertel und stellte eine Flasche Mineralwasser dazu auf den Tresen.

»Wir vier, wir sind ein lustiger Haufen«, meinte Willy.

Sie hatten gegessen, sie waren satt. Sie hatten getrunken. Für einen Moment stellte sich eine beschauliche, entspannte Atmosphäre ein. Friedlich, fast. Ein wenig schläfrig. Da störte nicht einmal die Handfessel sonderlich, die einem der vier die Bewegungsfreiheit nahm. Es war zu viel passiert in den letzten Stunden. Jetzt tat die Ruhe gut.

War notwendig.

Musste sein.

Für Willy war Ruhe nichts. Nicht in Zeiten mit Trainingsdefiziten. Ihm fehlten die täglichen zwanzig Kilometer mit dem Kleinen der Nachbarin im Caddy. Ohne ausreichende Bewegung krochen die komischen Gedanken aus den Löchern, bissen sich fest im Kopf, im Rücken, im Bauch. In der Seele.

Du kannst Willy zehn Stunden lang vor den Eingang zu einem Klub stellen und er ist zehn Stunden lang voll konzentriert und ausgeglichen. Fühlt sich wohl da. Aber wenn du ihn nur eine halbe Stunde in Warteposition auf einen Stuhl setzt, wird er weich in der Birne und der Rest seines Körpers beginnt ein Eigenleben. Fängt an, sein eigenes Ding zu machen. Ohne Kontrolle durch den Kopf.

Dann passieren seltsame Sachen.

Pass auf!

Willy stand auf, schlenderte zur Kegelbahn. Der Kugelrücklauf war gefüllt. Er prüfte die Kugeln, wog sie in der Hand und wählte die zwei schwersten aus. Er setzte sich damit auf den Fußboden, nutzte sie wie unhandliche Hanteln und begann Bizeps und Bauchmuskulatur zu fordern.

Carola, AM und Ayhan sahen ihm zu.

Schwere Lider.

Jeder hatte seine eigenen Gedanken.

»Habe ich dir von meiner Patientenverfügung erzählt?«, fragte Willy.

Die Frage knallte wie ein Fremdkörper in den Raum, lag dann da schwer und bitter.

Carola sah AM an.

AM zuckte mit den Schultern.

Ayhan verdrehte die Augen.

Willy setzte sich aufrecht auf den Boden, legte die beiden Kugeln neben sich.

»Wenn es mal so weit ist, keine lebenserhaltenden Maßnahmen!«, sagte er. »Dafür seid ihr verantwortlich! Keine künstliche Beatmung, keine Dialyse, keine Kirchen, keine Glaubensgemeinschaften. Palliativmediziner dürfen ran.« Es war, als ob er nur zu sich selbst spräche, aber alle hörten ihm zu. »Nur an meinen Füßen, da möchte ich High

Heels haben. Die guten. Die mit den Diamanten. Die mit den fünfundzwanzig Zentimeter Nadelabsätzen aus Titan.«

AM räusperte sich.

»Wovon sprichst du?«, fragte er.

Willy sah ihn an.

»Von den Dingen des Lebens«, sagte Willy. »Aufrecht gehen, auch wenn das im Liegen ist. Das ist es, wovon ich spreche.«

AM nickte.

»Das verstehe ich.«

Jetzt sah Willy AM direkt an. Fester Blick.

»Kann ich mich auf dich verlassen?«

»Du kannst dich immer auf mich verlassen«, sagte AM.

»Versprichst du mir das?«

»Habe ich dich schon jemals angelogen?«

Willy sagte nichts, lächelte nur. Hintergründig.

Dann AM in Großaufnahme: »Ich verspreche es!«

»Ihr seid verrückt!«, sagte Ayhan. »Das ist es! Ihr seid vollkommen verrückt!«

Nudeln neunundachtzig Cent, fertige Tomatensoße, Sonderangebot, weil das Verfallsdatum bald erreicht ist, neunundvierzig Cent.

»Eins achtunddreißig.« Die Kassiererin sagte es schon zum dritten Mal. Ihre Stimme verschärfte sich. Sie trommelte mit ihren Fingern auf der geschlossenen Abdeckung der Geldschublade.

»Warum machen Sie nicht einfach eine zweite Kasse auf?«, fragte ein Mann, drei Kunden weiter hinten in der Schlange.

»Weil Service für die ein Fremdwort ist«, meinte die Kundin vor ihm.

»Oder eine getrennte Seniorenkasse«, sagte eine zweite.

»Gute Idee«, sagte die erste.

»Die müsste ja nicht durchgehend besetzt sein«, sagte der Mann. »Kreative Personalpolitik.«

»Genau«, sagte die zweite. »Wer nichts mehr zu tun hat und trotzdem regelmäßig Geld vom Staat bekommt, kann ja mal warten.«

»Haben doch Zeit, die Alten«, sagte der Mann.

»Wir aber nicht«, sagte die erste.

»Genau!«

»Haben wir's bald?«, fragte die Kassiererin. »Eins achtunddreißig!«

Die alte Frau blätterte in den Fächern ihres Portemonnaies. Ihre Finger waren gichtig krumm und unbeholfen.

»Ich verstehe das nicht«, sagte sie.

»Es gibt noch andere Kunden«, sagte die Kassiererin. Sie stützte sich mit ihren fleischigen Armen auf die Kassenbahn und verdrehte die Augen. Auf der Glasscheibe des Scanners blieben feucht-fettige Spuren zurück. Sie nahm ein Reinigungstuch, wischte die Scheibe ab.

»Ich war gerade bei der Bank«, sagte die alte Frau. »Ich weiß genau, fünfzig Euro habe ich abgehoben. Zwei Zwanziger, ein Zehner. Und hier im Münzfach waren noch fünfzig Cent Kleingeld. Ich weiß exakt, was ich habe. Ich weiß, was ich in einer Woche brauche.«

»Zeigen Sie mal her!«, sagte die Kassiererin.

Sie schnappte sich die Geldbörse, nahm sie der Frau einfach aus der Hand, blätterte in den Geldscheinfächern, tastete im Münzfach.

»Da sind keine fünfzig Euro. Und da ist auch kein Kleingeld. Kein Cent. Alles leer. Da ist nichts.«

»Natürlich nicht«, sagte die Frau. »Die Münzen habe ich der blinden Frau gegeben. Draußen auf dem Parkplatz.«

»Ganz klar«, sagte der Mann in der Warteschlange. »Blind und stumm und einbeinig und mit Lepra und mit Haarausfall. Und wahrscheinlich Mundgeruch.«

Die Frauen vor und hinter ihm kicherten.

»Und mit hungernden Kindern«, sagte eine.

»Wahrscheinlich einen ganzen Stall davon voll«, sagte der Mann.

»Also, das geht so nicht«, sagte die Kassiererin. »Das muss hier jetzt weitergehen. Wenn Sie nicht bezahlen können ...«

Sie nahm das Nudelpaket und das Soßenglas zurück, legte es hinter sich und stornierte die Belastung.

»Ich verstehe das nicht«, sagte die alte Frau. Ihre Augen wurden feucht. »Fünfzig Euro!«

Sie klappte die leere Geldbörse zusammen und steckte sie in ihre Einkaufstasche. Die hing vorne an ihrem Rollator.

»Kein Wunder, dass es mit der Wirtschaft bergab geht«, sagte der Mann. Er rückte jetzt vor, legte seine Sachen auf das Kassenband.

Endlich konnte er die Wirtschaft stützen.

Na also!

Es wurde Zeit für eine Entscheidung.

Es wurde Zeit, dass es weiterging.

»Es ist Zeit für eine Entscheidung«, sagte AM.

Willy war ein perfekter Gefängniswärter, so lange die auf einen Meter neunundneunzig verteilte Muskelmasse ausreichend gefordert war. Dann ging's. Zwanzig Kilometer lockerer Trab auf Gelände-High-Heels vor dem Frühstück war in Ordnung. Aber dreimal Frühstück ohne Laufen und Willy fühlte sich selbst wie ein Gefangener.

Und Gefangene denken an Ausbruch.

Nicht gut.

Und dann Carola!

Carola war nicht die Frau, die abwartete, wie sich die Dinge entwickeln würden. Sie war es gewohnt, die Dinge selbst zu entwickeln. Irgendwie. Jetzt saß sie seit beinahe sechsunddreißig Stunden auf ihrer Kegelbahn und nichts entwickelte sich weiter. Sie hatte diese Situation geschaffen, klar, und nun war plötzlich Schluss. Die Maschine tuckerte im Leerlauf. Der zielgerichtete Antrieb fehlte.

Die Power war raus.

Keine Frage, Stille nach einer Explosion ist immer gut und wichtig für die Seele. Die Psyche muss sich neu sortieren. Die Pause darf nur nicht zu lange dauern. Dann muss es ans Aufräumen gehen. Entschlossen.

»Jetzt muss es ans Aufräumen gehen«, sagte Carola.

Stichwort.

Genau so!

Carola hatte es formuliert.

»Adventure before dementia«, meinte AM.

Und alle drei legten gleichzeitig los.

Sie stellten die Stühle in einem Halbkreis auf, Blickrichtung zum Tresen. Der Mann mit den plüschummantelten rosa Handschellen war der Mittelpunkt. Dem gefiel die neue Entwicklung gar nicht.

Er rutschte mit seinem Hintern auf seinem Barhocker herum, fuhr sich mit der freien Hand über die Stirn, ordnete eine Haarsträhne, die es da gar nicht gab.

Und er begann zu schwitzen.

Gutes Zeichen. Je nach Standpunkt.

Drei Augenpaare musterten Ayhan. Ließen ihn warten. Ließen ihn zappeln. Ließen ihn schwitzen. Bauten Spannung auf. Das war nicht abgesprochen. Das funktionierte einfach so.

»Möchtest du vorher ein Glas Wasser?«, fragte AM.

»Vorher?«, fragte Ayhan. »Vorher vor was?« Hier entwickelte sich etwas, das er nicht verstand. Die Stimmung war ganz plötzlich gekippt. Die Laienspielschar wurde professionell.

»Bevor du uns alles erzählst«, sagte AM.

Für einen kurzen Moment gab es den Ansatz dieses arroganten Grinsens. Für einen sehr kurzen Moment. Kaum zu bemerken. Eigentlich konnte Ayhan das, überheblich bis unverschämt grinsen. Eigentlich beherrschte er das perfekt. Diesmal ging das ziemlich schief. Aus irgendeinem Grund war seine Selbstsicherheit verflogen. War einfach weg.

Seine Stimme war schon lange nicht mehr so fest und überzeugend. Er räusperte sich. »Ich habe euch bereits gesagt ...«

Willy winkte ab. »Du sollst uns nicht sagen, was du bereits gesagt hast. Wir wollen jetzt hören, was du noch nicht erzählt hast.«

»Ganz einfach«, sagte Carola.

»Ganz einfach, was?« Ayhan äffte Carola nach.

Schwacher Versuch, seine Souveränität zurückzugewinnen.

Wenig überzeugend.

Eins war klar: Wenn er diesen Komikern erzählen würde, wie die Sache im Allgemeinen lief, könnte er sich auch sofort eine Plastiktüte über den Kopf ziehen.

»Eigentlich waren wir bisher doch immer ganz nett zu dir«, sagte Willy. »Ich meine zu einem, der ein Arschloch ist, weil er alte Leute aufs Übelste bescheißt.«

»Er glaubt, er könne seinen Arsch retten«, sagte AM.

»Ja, das glaubt er«, meinte Carola.

Im Grunde war allen klar, wie das funktioniert, in diesem System. Drei im Raum ahnten es, einer wusste es.

Die drei, die es ahnten, wollten es genau wissen.

Die Vermutung war so: Gehorsam war ein Schlüsselwort. Und Verschwiegenheit. Brutalität war die Klammer dazu. Diese Elemente wirkten von außen. Sie waren stark, weil sie mit der Angst spielten. Ließen nicht viel Luft zum Atmen. Dazu gab es den Treibstoff von innen: Die Vorstellung, irgendwann selbst einmal ganz oben zu stehen, mit Macht über andere, fette Autos zu fahren und fettes Geld zu besitzen. Richtig fettes Geld und richtig fette Autos.

Kannst du alles vergessen, wenn du die Regeln brichst.

Und die Regeln brichst du nur einmal.

So könnte es sein.

Wäre wirksam.

»Also?«, fragte Willy.

Etwas juckte an Ayhans Nasenflügel, etwas juckte auf seinem Handrücken, etwas juckte an seiner linken Seite. Schwer zu ignorieren. War nicht einfach, cool zu bleiben.

Verdammt, was hatten diese greisenhaften Karikaturen denn für Möglichkeiten? Schwächliche Witzfiguren. Keiner von denen hatte die Eier, ihm ernsthaft auch nur ein Haar zu krümmen.

»Und sonst? Was ist sonst?«, fragte er.

»Polizei«, sagte AM.

»Bullen«, meinte Willy.

»Anzeige«, ergänzte Carola.

Alle drei grinsten.

Jetzt wollte Ayhan doch ein Glas Wasser.

Willy stand auf, zog eine weitere Flasche aus dem Kasten, warf sie in die Luft wie ein Artist seine Jongleur-Keule werfen würde, fing sie nach drei schnellen, freien Drehungen auf und stellte sie auf den Tresen. Perfekte Bewegungskoordination.

»Ihr habt einem unbescholtenen Bürger gegen seinen Willen illegale Drogen verabreicht«, sagte Ayhan. »Ihr habt ihn gefesselt, eingesperrt und misshandelt ...«

»Misshandelt bisher nicht«, sagte Willy. »Aber wenn du das möchtest – ich habe da spezielle Bekannte ...«

Er setzte sich.

»... spezielle Bekannte, die spezielle Wünsche erfüllen.«

Das Tribunal wartete.

»Was denkt ihr, was mit euch passiert, wenn ihr mich zur Polizei bringt?«, fragte Ayhan. Seine Selbstsicherheit kehrte allmählich zurück. Die drei Idioten hatten keinen Plan. Das wurde ihm klar. »Ihr sitzt wegen Freiheitsberaubung und ich ...«

»Wer redet denn davon, dass wir dich zur Polizei bringen?«, fragte AM.

»Er hat nichts verstanden«, meinte Willy.

»Ich gehe zur Polizei«, sagte Carola. »Nur ich. Ich allein.«

»Und du bleibst hier«, ergänzte AM.

Ayhan starrte die Gestalten an, die da im Halbkreis vor ihm auf den Stühlen saßen. Selbstbewusste Körperhaltung alle drei, das Lächeln in ihren Gesichtern fast ein wenig übermütig. Lausbuben im Greisenkostüm. Kindergreise. Greisenkinder.

Er tastete nach der Wasserflasche ohne hinzuschauen, hätte sie dabei fast vom Tresen gestoßen. Aufschrauben war schwierig mit einer gefesselten Hand. Die aufgeschreckte Kohlensäure ließ das Wasser unter dem Verschluss herausspritzen. Er setzte die Flasche mit der Linken an die Lippen, trank.

Er verschluckte sich, als er den Plan begriff.

Er hustete, spuckte einen Schwall frisches Mineralwasser über sein Hemd, seine Hose. Er wischte den Mund mit dem Ärmel ab. Wartete.

»So geht das«, meinte Willy. »Wer den Mund zu voll nimmt, hat ein Problem.«

»Stell dir vor«, sagte AM, »da hatte einer den bösen Auftrag, eine Frau auszunehmen. Überwachung, Schockanrufe, Gang zur Bank – das übliche Verfahren. Die alte Frau glaubt der Inszenierung, glaubt den Horrorgeschichten, räumt ihr Konto ab, ihre Schmuckschatulle, übergibt alles dem Fremden, dem falschen Anwalt, in gutem Glauben, ihrer Tochter damit helfen zu können. Und der Täter verschwindet mit Geld und Schmuck.«

»Das verstehst du doch«, sagte Carola. »Oder?«

Ayhan hörte zu.

»Als der Frau endlich klar wird, dass sie auf einen ganz üblen Trick hereingefallen ist, geht sie heulend und verzweifelt zur Polizei«, ergänzte AM. »Und was unternehmen die?«

»Na?«, fragte Willy.

»Die schreiben ein Protokoll«, sagte AM. »Das ist immer so in Deutschland. Aber sie versuchen auch zu trösten, natürlich. Dafür gibt es speziell ausgebildete Beamte.«

»Und dann setzen sie eine Pressemitteilung ab«, ergänzte Carola. »Eine Warnung an die Öffentlichkeit.«

»Die kann jeder lesen«, sagte AM.

»Jeder!«, betonte Carola.

»Mehr kann die Polizei leider nicht unternehmen«, sagte Willy.

»Der Täter war ja längst weg, es gab keine Spuren mehr, Telefonprotokolle waren unbrauchbar, denn die Nummern waren manipuliert«, ergänzte AM. »Das läuft immer so ab, funktioniert immer so. Nur diesmal gab es einen klitzekleinen Unterschied, von dem die Polizei allerdings nichts weiß.«

»Der Täter lieferte nicht bei seinen Auftraggebern ab«, sagte Carola.

»So, wie es eigentlich vereinbart war«, sagte AM.

»Er war nicht gehorsam«, sagte Willy. »Er ist einfach untergetaucht. Eigenmächtig.«

»Mit der gesamten Beute«, sagte Carola. »Das ist das Schlimmste. Fünfzigtausend Euro und Familienschmuck in unbekannter Höhe.«

»Untergetaucht, verschwunden«, sagte Willy.

»Der Auftraggeber liest von dem erfolgreichen Coup in der Zeitung ...«, sagte AM. »Er liest von fünfzigtausend Euro und Familienschmuck mit unbekanntem Wert. Vielleicht denkt er jetzt daran, dass ihn hier einer hintergehen will.«

»Vielleicht«, sagte Willy nachdenklich. »Ganz sicher

gefällt das dem Auftraggeber nicht. Ganz sicher ist das ein böser Mann. Und der böse Mann hat Freunde, die auch böse Männer sind. Brutale, böse Freunde. Und da frage ich mich, ob ich meine speziellen Freunde für die gewünschte Misshandlung überhaupt verständigen muss?«

AM schüttelte den Kopf. »Brauchst du nicht, Willy. Ich nehme an, das wird betriebsintern geregelt. Familienintern. Das übernehmen andere. Böse, brutale Männer. Sich verstecken nutzt ihm nichts. Irgendwann wird dieser Freund mit dem unterschlagenen Geld irgendwo auftauchen und seine anderen bösen und brutalen Freunde wiedertreffen.«

»Oder die Freunde werden ihn finden«, sagte Willy.

»Die werden ihn finden«, sagte AM. »Die werden sich freuen, ihn wiederzusehen, weil sie Fragen an ihn haben. Fünfzigtausend werden dabei eine Rolle spielen und der ganze verschwundene Schmuck.«

»Stand ja so in der Zeitung«, sagte Carola.

»Und deshalb muss der Täter frei sein«, sagte Willy. »Die bösen und brutalen Freunde müssen ihn finden können.«

»Frei sein, zum richtigen Zeitpunkt«, sagte AM.

»Genau dann, wenn die Wut und Enttäuschung der bösen und brutalen Freunde so richtig aufgekocht ist«, sagte Willy.

Ayhan war blass geworden. Nichts mehr mit Selbstsicherheit. Der nasse Fleck auf seiner Hose klebte unangenehm kalt auf seiner Haut. Unter seinen Achseln bildeten sich ausgedehnte, feuchte Stellen. Peinlich. Aber die Angst war stärker.

»Das dürft ihr nicht!«, sagte er. Er sagte es sehr leise. »Das ist illegal!«

»Stimmt«, sagte Carola.

»Ein Verbrecher erklärt uns das Rechtssystem«, meinte Willy.

»Grundsätzlich hat er ja recht«, sagte AM. »Das wäre alles gelogen. Alles illegal.«

AM stand auf, ging die zwei Schritte bis zum Tisch, nahm Ayhans Handy auf. Er öffnete die Telegram-App, wischte und blätterte.

Die letzte eingegangene Meldung dort war ein ?.

Absender unbekannt.

AM suchte in der Liste ein passendes Emoji als Antwort. Das Gesicht mit der Narrenkappe, Luftschlangen und Luftrüsseltröte schien ihm passend. Er markierte das Symbol, zog es in die Antwortmeldung, schickte sie ab.

»Das war auch illegal«, sagte AM. »Das war nämlich gar nicht mein Handy.«

Egal.

Der Empfänger würde was damit anfangen können.

Ayhan war blass geworden.

Die drei sitzen da, jeder mit seinem eigenen, ganz speziellen Grinsen um die Lippen, dem Leuchten in den Augen, ein wenig triumphierend, halten sich für schlau und ausgebufft.

Carola links, Willy rechts, AM zwischen beiden in der Mitte. Wie die drei Affen sitzen sie da, jedoch mit offenen Augen, offenen Ohren und offenen Mündern.

Vor ihnen der Delinquent mit rosa plüschummantelten Handschellen an die Theke gefesselt, nasse Hose, wirres, strähniges Haar. Ein Häufchen Elend. Sieht ein, dass es im Augenblick schlecht um ihn steht.

»Siehst du ein, dass es im Augenblick schlecht um dich steht?«, fragt Carola.

Carola sitzt unnatürlich aufrecht, gerader, durchgedrückter Rücken, das vermindert ihre Schmerzen in der Hüfte und im unteren Lendenwirbelbereich.

Na ja, wie immer.

AM neben ihr, Oberkörper leicht schräg gestellt, mit ausgestrecktem linken Bein, um zwanzig Grad angewinkelt, gut für seine Bakerzyste im Kniegelenk, die so ausreichend Platz hat aufzuschwellen.

Nichts Neues.

Willy, ganz links, dreht mit den Absätzen seiner Stilettos feine Löcher ins Parkett, rollt die Schultern, lässt die Gelenke knacken, denkt an Waldwege, die steil bergauf führen und seinen Lungen Aufgaben geben könnten.

Wäre schön.

Alles nervt ein wenig, aber nichts von allem stört die Zufriedenheit wirklich. Sie sind auf einem guten Weg. Der Wille zur Lebensfreude ist ungebrochen.

Der Mann an der Theke sieht das anders.

Ayhan lässt die Schultern hängen, seine Lippen sind sehr schmal geworden und grau, zittern ein wenig, seine Augen sind feucht. Möchten wohl weinen, trauen sich dann doch nicht. Er hat schon lange nicht mehr an der Handfessel gezerrt. Widerstand war mal. Er sitzt jetzt einfach da.

Zum ersten Mal hat er Angst.

Als er aufblickt, sieht er an den dreien vorbei, richtet sich auf, fixiert einen Punkt, der hinter dem Tribunal sein muss, hebt die Augenbrauen. Seine Augen sind mit einem Mal sehr groß.

»Was will die denn hier?«, fragt er.

Drei Köpfe drehen sich in perfekt synchroner Choreografie um, sehen die Frau am Notausgang der Kegelbahn.

»Was macht der denn hier?«, fragt Dilek.

»Er ist ein Spaßvogel«, sagte Dilek.

»Er ist ein Arschloch!«, sagte Carola.

»Eben«, sagte Dilek.

Die Sonne stand inzwischen tief, aber für Mai war die Luft ausgesprochen mild. Die Eisdiele an der Ostseite des Neuen Fischmarktes fing die Abendwärme ein, die mit zarten Rot- und Ockertönen von ganz oben über den Platz strahlte und sich erst einmal unter der Markise des Cafés zu Hause fühlte.

»Es tut mir leid«, sagte Carola, »ich hatte unseren Interviewtermin total vergessen.«

»Schon gut«, sagte Dilek. »Ich habe euch ja trotzdem gefunden. Musste nur ein bisschen suchen.«

»Und damit weißt du zumindest, warum ich nicht mehr an unsere Verabredung gedacht hatte«, sagte Carola.

Dilek nickte, atmete tief durch.

Außen vor die Glasfront des Cafés hatte der Inhaber für seine Gäste alte Sessel aufgestellt, deren Polsterung längst keine Kraft mehr hatten. Eine gute Idee. Die Sessel nahmen dich sanft auf, ließen dich tief einsinken in Behaglichkeit, umschlossen deinen Körper mit Plüsch und Leder, vermittelten sofort Schutz und Vertrauen.

Gemütlich.

Wenn du einmal saßest, konnte dir eigentlich nichts mehr passieren.

So fühlte sich das an.

Das waren Möbel, die Nestwärme schenkten. Urvertrauen. So etwas schaffen nur ganz alte Möbel wirklich, die, die die Zeit nachhaltig gezeichnet hatte.

Und die, die diese Zeiten überlebt hatten.

Das war wie bei Menschen auch.

Carola hatte dieses Café gut gewählt. Das Licht und die Wärme der Abendsonne passten dazu, flossen um sie herum und hüllten sie in einen Kokon aus Geborgenheit ein.

War wichtig.

Vor wenigen Minuten war bei einem Menschen Urvertrauen verloren gegangen. Da war Unterstützung notwendig. Auf allen Ebenen.

»Ich kann es nicht glauben«, sagte Dilek.

Sie rührte gedankenverloren in ihrem Kaffee. Einfach nur so. Sie hatte gar keinen Zucker genommen, der sich auflösen sollte.

»Nicht wegen Ayhan. Dem traue ich alles zu. Aber dass mein Vater da beteiligt sein soll ...«

Carola ließ ihr Zeit.

»Er war der Mann, dem ich bedingungslos vertraut habe, zu dem ich aufgeschaut habe. Nicht nur als kleines Mädchen, sondern bis heute.«

»Dann war das richtig«, sagte Carola. »Bleib dabei.«

»Klar, ich habe gesehen, dass da was lief, dass Leute kamen, die Geld brachten. Das war so. Das war normal. Darüber habe ich nie nachgedacht. All die Jahre nicht.«

Carola hörte ihr zu, ließ sie alles aussprechen, was sie aussprechen musste. Hinderte sie nicht, steuerte sie nicht. Es gab keine Notwendigkeit, Ratschläge zu erteilen, zu kommentieren oder nachzufragen. Dilek erzählte und sie erzählte sich frei.

Das war genug.

Interview verkehrt.

Als drei Tassen Kaffee bestellt und getrunken waren

und die Sonne sich schwer und gütig auf die Firste der gegenüberliegenden Hausdächer legte, sah Dilek Carola an.

Sie wirkte erleichtert.

»Danke«, sagte sie. Ihre Augen glänzten, waren feucht, aber Tränen gab es nicht.

Das war gut.

»Danke wofür?«, fragte Carola.

»Danke dafür, dass du mich gar nicht kennst und trotzdem hier sitzt«, sagte Dilek.

»Jetzt kenne ich dich«, sagte Carola. »Ein bisschen. Und ich freue mich, dass du da sitzt und ich hier bei dir sitzen darf.«

»Ich werde mit ihm sprechen müssen«, sagte Dilek. Sie dachte an ihren Vater.

»Natürlich musst du das«, sagte Carola. »Nur zur Bestätigung deiner Gefühle. Im Grunde genommen weißt du alles. Kinder und alte Menschen haben ein sicher funktionierendes Bauchgefühl. Kinder, weil sie noch einen unverdorbenen Instinkt besitzen und alte Menschen aus Erfahrung. Die Gruppe dazwischen ist das Problem. Die verwischen die Wahrheiten mit unwichtigen, nur scheinbar wesentlichen Dingen. Sie verschwenden ihre Zeit und behindern sich selbst dabei, verrückte Lösungen zu finden. Lebensverschwendung ist das. Geh zu deinem Vater und sprich mit ihm als sein Kind. Dann wird alles gut.«

»Das alles hört sich so einfach an«, sagte Dilek. »Bei AM ist das auch so.«

»Das meiste ist tatsächlich einfach«, meinte Carola. »Man muss es nur sehen und sich nicht ablenken lassen von Nebensächlichkeiten und falschen Spuren. Wenn du mal über siebzig bist, hoffe ich, wirst du mir zustimmen können.«

Und da musste Dilek lachen.

»Siebzig«, sagte sie. »Was für eine absurde Vorstellung!«

»Eine schöne«, sagte Carola. »Ein Leben als Vintage-Typ. Das hat doch was. Nicht gestylt und künstlich, sondern wirklich aus der Zeit. Dabei muss alles passen. Alles muss echt sein. Keine künstlichen Nasen, keine fremden Haarwiesen, keine gebügelten Bauchpolster oder Lebensfalten. Alt lassen, so wie alt eben ist. Ohne Korrekturen. Alles andere wäre lächerlich. Das liegt am Verlust der Würde, die zum Teufel geht, wenn das Selbstbewusstsein schwächelt und mit chirurgischen Impulsen von außen gestützt werden soll, während die innere Stärke zu Pudding wird. Ein authentischer alter Körper ist schön und jedem retuschierten alten Körper überlegen. Nach operativen Täuschungsversuchen werden Helden zu Clowns.«

»Schön, dass du schön geblieben bist«, meinte Dilek.

Carola winkte der Bedienung.

»Geheimwaffe«, sagte Carola. »Wir bestellen uns jetzt zum Sonnenuntergang einen großen Eisbecher. Coupe Danmark. Ich lade dich ein. Vanilleeis mit einer Extraportion heißer Schokolade. Das ist gut für die Seele.«

Carola lächelte und Dilek lächelte zurück.

Weiberkram.

Wirkt.

Falscher Anwalt betrügt Rentnerin

Täter täuscht Notlage vor und erbeutet hohen Geldbetrag

Aus der Region: Der Täter gab sich der sechsundsiebzigjährigen, allein lebenden Rentnerin als Anwalt der in München lebenden Tochter aus, die nach einem verschuldeten Unfall in Untersuchungshaft säße. Für ihre Kaution und zur Wiedergutmachung der Unfallfolgen benötige sie dringend einen höheren Geldbetrag. Die Tochter selbst könne nicht anrufen, da sie suizidgefährdet sei und in Einzelhaft säße. Er als Anwalt könne aber bei der Geldübernahme eine notariell beglaubigte Vollmacht vorlegen.
Die Rentnerin hob daraufhin ihr gesamtes Sparguthaben, über fünfzigtausend Euro, ab und übergab das Geld zusammen mit wertvollem Familienschmuck dem vermeintlichen Anwalt.
Der Polizei ist die Betrugsmasche seit Langem bekannt. Sie weist ausdrücklich darauf hin: »Mitarbeiter der Staatsanwaltschaft, der Gerichte oder Ermittlungsbehörden verlangen niemals Schmuck als Kautionshinterlegung. Nehmen Sie bei Anrufen dieser Art immer von sich aus Kontakt mit der nächsten Polizeidienststelle auf und vergewissern Sie sich durch Rückruf bei den Verwandten, von denen Sie angeblich um Hilfe gebeten werden.
Im Zweifel hilft Ihnen die Polizeidienststelle vor Ort weiter.«

Scheißspiel!

Der Streifenwagen fuhr im Schritttempo auf den Kundenparkplatz, drehte eine große Runde, hielt dann unmittelbar vor dem Eingang zum Supermarkt. Zwei Beamte stiegen aus. Verspiegelte Pilotenbrille beide, obwohl die Sonne schon untergegangen war. Was muss, das muss. Standen breitbeinig da, richteten ihre Uniformen, ihre Pistolentaschen, die Köcher mit den Handschellen, stemmten die Fäuste in die Seiten und sahen sich um.

»Das war's«, sagte der Stumme.

»War doch klar«, sagte die Blinde. »Wir waren viel zu lange hier.«

Sie lehnten an der Kühlerhaube ihres Toyotas. Um ihren Hals hingen keine Pappschilder mehr mit der Aufschrift ›Blind‹ und ›Stumm‹. Die Blinde trug keine schwarze Brille, kein Kopftuch, keine gelbe Binde am Arm und keinen weißen Stock. Sie trug jetzt ein knappes Pelzjäckchen, Imitat, modischer Kaufhauslook, locker um den Hals geworfen einen auffallenden Schal.

Schick.

Der Stumme neben ihr stand aufrecht, selbstbewusst, in der Hand einen Pappbecher Coffee to go. Da gab es nichts Geducktes mehr, nichts Geschlagenes, nichts Bittendes, nichts Verzweifeltes. Die ärmliche Kleidung lag im Kofferraum. Kostüme für spätere Auftritte.

Die passenden Gesichtsausdrücke dazu waren schnell abrufbar.

Profis eben.

Jetzt standen hier zwei ganz normale Kunden. Unauffällig. Warteten auf irgendwas. Waren entspannt. Durften da stehen. Da war nichts Verdächtiges. Nichts, was die Polizei irritieren könnte.

Dass sich die beiden nur für den schwarzen Audi interessierten, das bemerkte ja niemand.

Die beiden Beamten verriegelten den Streifenwagen, schlenderten über den Parkplatz, zwischen den parkenden Autos durch, sahen sich um, aufmerksam, konzentriert, suchend. Sie gingen am Toyota vorbei, nickten den beiden Passanten dort zu, der Frau im Pelzjäckchen, dem Mann mit dem Kaffeebecher.

Keine besonderen Vorkommnisse.

Alles ruhig.

Keine Bettler. Keine Trickbetrüger.

Fehlalarm.

Sie gingen zurück zum Streifenwagen, stiegen ein, warteten ein paar Minuten, verließen dann den Parkplatz, bogen ab in Richtung Hafen.

Nichts los, heute Abend.

»Muss mich um die Kleine kümmern«, sagte die Frau. »Ich nehme den Wagen und fahre zur Kita.«

»Gut«, sagte der Mann. »Ich bleibe hier.« Er nahm noch einen Schluck Kaffee.

»Bin in einer Stunde zurück und löse dich ab«, sagte die Frau.

»Scheißspiel«, sagte der Stumme.

»Muss sein«, sagte die Blinde.

Wenn Gladiatoren miteinander spielen, wird's blutig

Zugegeben, die Bedingungen waren nicht ganz fair.

Eine Kette lag um Ayhans Hüfte, eng wie ein Gürtel. Sein linkes Handgelenk war daran angebunden.

Der rechte Arm war frei.

Dafür waren beide Fußgelenke mit einer Schelle verbunden. Die Kette dazwischen war ungefähr fünfzig Zentimeter lang. Das reichte aus, für kurze Trippelschritte, war für eine schnelle Flucht jedoch zu wenig.

Willys Koffer enthielt ein ausgesprochen umfangreiches Equipment. Für die vielfältigsten Anwendungsbereiche war etwas dabei. Je nach Wunsch und Bedürfnis. Ein Einsatz bei einem Kegelturnier war allerdings neu.

Die Kegelbahn hatte jahrelang geschlafen, aber als Willy die elektrischen Sicherungen eingeschraubt hatte, lebte die Anzeigetafel augenblicklich auf und der Aufstellmechanismus positionierte die Kegel im vorschriftsmäßigen Viereck. Es roch ein wenig nach verschmortem Staub. Harmlos. Elektronisch generierte Signale, blinkende Lichter. Die Technik war voll da.

Sofort.

Willy nicht so ganz.

Willy brauchte dringend Ablenkung. Sein Körper wollte arbeiten. Da war alles recht.

»Um was spielen wir?«, fragte Willy.

»Um die Schlüssel«, sagte Ayhan. Sein linker Arm zerrte an den Handschellen.

»Hoher Preis«, sagte Willy. »Und dein Einsatz?«

»Ich lass dich am Leben«, sagte Ayhan.

»Spaßvogel«, sagte Willy.

Er nahm Anlauf und schickte die erste Kugel auf die Zwanzig-Meter-Reise. Testwurf. Außer Konkurrenz. Die Kugel fetzte polternd zwischen die Kegel, schlug eine Schneise. Drei blieben stehen.

Der Mechanismus begann zu arbeiten, Seile wurden gespannt, alle Kegel gingen auf Himmelfahrt, verschwanden, wurden unsichtbar beruhigt und wieder abgesetzt. Fertig.

Funktioniert.

Nächster Versuch.

»Und?«, fragte Willy.

»Leg vor«, sagte Ayhan. Er humpelte näher an die Anlaufstrecke.

Willy beugte sich über den Kugelrücklauf, strich zärtlich über die Kugeln, prüfte, wählte eine mittlere Größe, als er die plötzliche Nähe hinter sich spürte.

Zu nah.

Seine antrainierten Reflexe arbeiteten sofort. Auf die konnte er sich verlassen. Er umschloss die Kugel mit nur einer Hand, duckte sich zur Seite, schleuderte die Kugel am langen Arm nach hinten, sah, dass Ayhan über ihm stand, die Mineralwasserflasche wie eine Keule schwang und damit auf seinen Kopf zielte. Er ließ sich zu Boden fallen, rollte zur Seite, hörte wie die Kegelkugel Ayhans Scheidezähne traf und splittern ließ. Ayhans Schrei wurde zu einem dumpfen Laut.

Die Wasserflasche polterte zu Boden, traf Willys Kopf nicht, zerbrach auch nicht.

Dann war es vorbei.

Ayhan saß auf dem Boden, wimmerte, die Hand vor den Mund gepresst. Blut drückte sich zwischen seinen Fingern durch. Eine Menge Blut.

Eine Menge Zähne produzieren eine Menge Blut, wenn sie gehen.

»Alle Neune«, sagte Willy. »Du hast verloren.«

Da sieht etwas ganz einfach aus, und dann wird es unglaublich kompliziert

Nur drei Minuten!

Maximal.

Er hatte sich nur einen frischen Kaffee geholt.

Rein in den Supermarkt, vorher kurz umgeschaut - alles in Ordnung.

Der Bäcker hatte seine Theke vor dem eigentlichen Kassenbereich. Sehr bequem.

Kaffee bestellt und ein belegtes Brötchen: Käse, Salatblatt, Tomatenscheiben.

Er hatte den ganzen Tag lang nichts gegessen, nur getrunken, und der Kaffee rumorte ungesund in seinen Gedärmen.

Der Magen wollte was Handfestes.

Muss erlaubt sein.

Bezahlen und schleunigst raus.

Das war alles.

Hatte keine drei Minuten gedauert.

Na gut, vielleicht vier. Mehr aber ganz sicher nicht.

Wieder auf Position.

Und - der Audi war weg!

AM spürte das dominante Potenzial des Motors.

Wahnsinn!

Von außen unauffällig, unter der Haube ein Killer.

Ayhans aufgeblasener Audi S8 war ein Wagen, der auf der linken Spur zu Hause war. Das war einfach so. Da gehörte er hin. Kluges Fahren ging nur bei konzentrierter, fortwährender Kontrolle.

Aber wer wollte das schon?

Das Auto bot sich immer wieder an, über die Grenzen des Erlaubten zu gehen, leichtsinnig, übermütig. Ein junger, wilder, pubertierender Hengst war das, kaum zu bändigen. Kleinste Druckveränderungen auf dem Gaspedal reichten aus, um die Pferdepower explodieren zu lassen.

Eine Karre, mit der jemand beeindruckt werden könnte, der sich mit solchen Karren beeindrucken ließ. Einer mit dünnen Ansprüchen. Ansprüche ganz am Anfang der nach oben offenen Wertungsskala.

In dieser Nacht war die Autobahn frei. Dreispuriger Ausbau. Vereinzelte Lkws. Keine Staus. Notorische Mittelspurfahrer, die sich dumpfbackig dort für den Mittelpunkt der Welt hielten, konnten locker rechts überholt werden. Kleine pädagogische Provokationen, die sich AM erlaubte.

Carola hatte die Rückenlehne weit zurückgestellt. War bequemer so. Sie beobachtete AM, wie sein rechter Fuß auf dem Gaspedal spielte, wie er Beschleunigung ausprobierte und sie gleich darauf zurücknahm. Vernünftig. Sie hörte das Röhren des Auspuffs, spürte die Kraft des hoch getunten Motors, die sie in den Sitz presste.

»Ein Auto für Leute mit einem Überschuss an Testosteron?«, fragte Carola.

Sie wusste noch, wie das geht mit den Jungen und mit ihren aufgemotzten Autos. Vielleicht gibt es Dinge, die sich im Alter nicht veränderten.

AM schüttelte den Kopf.

»Im Gegenteil«, sagte er. »Das sind Autos für Leute mit Testosterondefiziten. Die brauchen Technik zum Ausgleich. Reine Kompensation. Was der Körper nicht kann, müssen Kolben und Hubraum bringen.«

Na, ja, dachte Carola.

Sie schloss die Augen, überließ AM das Spiel mit dem Auto.

Sie erreichten Hamburg drei Stunden nach Mitternacht. Carola nahm Ayhans Personalausweis und programmierte das Navigerät mit dessen Wohnadresse.

Ursprünglich war die Straße einmal ganz mit roten Ziegelsteinen gepflastert gewesen. Klassisch norddeutsch. Inzwischen waren die Spurrillen, die der zunehmende Verkehr mit der Zeit eingegraben hatte, großflächig mit Teerflecken aufgefüllt worden. Von der anfänglichen Pflasterung war nicht mehr viel zu sehen.

Bitumenmasse drauf und fertig.

Kostengünstig und schnell ging das. Städtebauliche Ästhetik hatte da nichts zu melden. Der sandige Untergrund war nun mal nicht geeignet für Dauerbewalzung durch tonnenschwere Lkws und SUVs, obwohl die ja eigentlich gebaut worden waren, um auch ohne Pflasterung auf nacktem Sand fahren zu können.

Bitumenrollbahnen brauchten die im Grunde nicht.

So breiteten sich die Teerflecken aus wie bösartiger,

schwarzer Hautkrebs und entstellten das Gesicht der Straße. Nicht mehr lange und die rote Ziegelpflasterung würde Geschichte sein.

Schade.

Die Randstreifen waren beidseitig zugeparkt. Eine freie Parklücke war ein Glücksfall. Dafür waren die Bürgersteige ungewöhnlich breit und es gab sogar vereinzelt alte Bäume, die dort mit widerborstigem Lebenswillen schon Jahrzehnte überdauert hatten. Jedes neue Jahr wagten sie mit neuem, optimistischem Grün einen verzweifelten neuen Anfang. Du kannst ihnen die Wurzeln zumauern, die Rinde bei Parkmanövern aufreißen, ihnen das Leben so schwer wie möglich machen, trotzdem kämpfen Stadtbäume, selbst wenn es sinnlos erscheint.

Ganz schön trotzig sind die.

Und mutig.

Konnten Menschen was von lernen.

Die Fassaden der meist vierstöckigen Jugendstilhäuser hielten schmale Balkone über den Gehweg. Schmiedeeiserne, leicht angerostete Geländer sorgten dafür, dass niemand nach neun Gin Tonic von dort oben auf das Pflaster klatschte.

Besser so.

Ansonsten war da gerade mal Platz genug, um an der frischen Luft zu stehen und zu rauchen. Einfach nur sitzen ging auch, dabei Rotwein trinken, mit den Sternen reden, den Familienstreit am erleuchteten Fenster im dritten Stock gegenüber beobachten, den Weg des Mondes oder den der Menschen unten auf der Straße nach St. Pauli.

Großstadtkino.

Großes Stadtkino.

Die Häuser wirkten nicht besonders gepflegt, dafür aber

besonders gemütlich. Häuser zum Wohnen eben, nicht zum Repräsentieren.

Viel zu schade für Arschlöcher.

AM fuhr langsam und Carola las die Hausnummern laut vor. Ausgerechnet vor Ayhans Haus gab es eine Lücke in der Parkreihe, eine Garageneinfahrt neben der Haustür. AM setzte den Audi direkt vor das Garagentor. Eine Ordnungswidrigkeit mehr oder weniger fiel jetzt ohnehin nicht mehr ins Gewicht.

AM und Carola beugten sich über das Armaturenbrett vor, blickten an der Hausfassade hoch. Kein Licht, nirgendwo. Kein Fenster war erleuchtet. Das Haus schlief.

AM sah Carola an.

Stumme Frage.

»Na, klar«, sagte Carola. »Dafür sind wir hier.« Sie schnallte sich ab, öffnete die Tür, stieg aus. Entschlossen. Den leichten Stich im Hüftgelenk ignorierte sie. Zu lange im Auto gesessen.

Die Haustür war verschlossen. AM probierte die Schlüssel von Ayhans Bund aus. Der zweite ließ sich drehen. Die Tür sprang auf. AM sah zurück, den Gehsteig hoch. Kein Passant unterwegs. Nur fünfzig Meter entfernt auf der gegenüberliegenden Straßenseite stand ein dunkler Van. AM meinte, einen rötlichen Glühpunkt hinter der Frontscheibe gesehen zu haben.

Vielleicht Zigarettenglut.

Vielleicht nur ein Lichtreflex.

Sie betraten das Treppenhaus. Taschenlampenlicht wäre jetzt verdächtig. Sie fanden einen Schalter und das Treppenhaus war hell erleuchtet, die Deckenlampen mit blumigen Muschellampenschirmen. Nachgemachtes Tiffany passte hier.

Der Fußboden war mit Marmor belegt, Mosaikornamente. Treppengeländer mit gusseisernen Ranken und blumigen Ausformungen, polierte Treppenstufen aus dunklem Holz. Nobel. Das Arschloch verstand zu wohnen. AM verdrängte den Gedanken daran, wie viel alte Menschen die Miete hierfür mit ihren letzten Ersparnissen finanziert hatten.

Ayhans Wohnungstür lag im ersten Stock. Gleich der erste Schlüssel passte. Das automatische Treppenhauslicht erlosch, sie betraten die Wohnung, fanden den Lichtschalter für die Diele.

Es roch ein bisschen muffig. Die Luft war abgestanden. Wurde ja ein paar Tage lang nicht gelüftet.

Der Eigentümer war ja verhindert.

Zwangsweise.

So geht das.

Die Einrichtung der Wohnung war ganz anders als das verspielte, duftige Jugendstilambiente des übrigen Hauses. Keine Gestaltung hier, keine Sorgfalt. Kein Gefühl für Stil und Schönheit.

Kulturschock.

Ein Bett und ein Kleiderschrank im Schlafzimmer, Billigmöbel. Im Wohnzimmer eine abgewetzte, L-förmige dunkelblaue Couchgarnitur auf Stahlrohrrahmen, Kaufhausstandard. Brandflecken in der Polsterung, verschmuddelte Kissen.

Ein monströser Flachbildschirm gegenüber, der war allerdings vom Feinsten. Damit waren die Prioritäten klar.

An den Wänden, da wo Platz war, lieblos aufgestellte Schränkchen, und Büfetts. Nichts Einheitliches. Nichts Geschmackvolles. Keine Bilder an den Wänden. Nichts Persönliches.

Hier wurde nicht wirklich gelebt.

»Hier hat das Arschloch also gehaust«, sagte Carola. »Von hier aus ist er zu den alten Leuten gefahren und hat deren Leben zerstört.« Sie sah AM an.

»Wie geht so was?«

Sie ging durch das Wohnzimmer, strich mit ihrer Hand über die hässlichen Möbel. Sah sich um, angeekelt. Verstand das alles nicht.

»Was müsste passieren, dass ich so werde?«, fragte sie. »Oder du?«

AM hatte darauf keine Antwort.

Niemand hatte die.

Sie begannen die Schränke und Schränkchen systematisch zu durchsuchen. Schublade für Schublade. Sie fanden Schuhe, Kleidung, Papiere, nur belangloses Zeug. Im Büfettschrank lagen mehrere Handys. Original verpackt, noch nicht benutzt.

Sie tasteten die Unterseiten der Schränke ab, die Unterseiten der Schubladen.

Nichts.

»Wo würdest du deine Beute verstecken?«, fragte AM. Er stand in der Mitte des Wohnzimmers, sah sich um.

Carola tastete die Polster der Sitzgarnitur ab, öffnete die Reißverschlüsse der Kissen. AM ging zurück in die Diele. An der Garderobe hing ein Schlüssel mit einem Etikett: Keller 1 B.

»Es gibt einen Keller«, sagte AM.

»Gut, vielleicht da«, sagte Carola. »Ich suche inzwischen hier weiter.«

AM öffnete die Wohnungstür, lauschte. Alles ruhig. Keine Rushhour nachts um vier im Treppenhaus. Er lehnte die Wohnungstür nur an, schlich nach unten, an der Haustür vorbei, noch zwei Stufen tiefer. Eine Stahltür. Unverschlossen. Dahinter ein niedriger Gang, die Wände weiß gekalkt. Rohrbündel, Kabel und Versorgungsleitungen an der niedrigen Decke. Großflächige Spinnweben in den Ecken wehten leicht in der warmen Abluft vom Heizungskeller. Staubig, schmutzig. Schwacher Heizölgeruch. Rechts und links Verschläge, mit Latten und Maschendraht abgeteilt, mit Pappschildern gekennzeichnet. 1 B war der zweite Verschlag links. Vorhängeschloss. Der Schlüssel von der Garderobe passte. Der Raum war gerade mal acht Quadratmeter groß. Ein leeres Regal an der linken Wand, ein leeres Regal an der rechten Wand. Ein E-Bike in der Mitte. Das war alles. AM öffnete die Satteltasche des Fahrrades: leer. Er schob die Tür zum Kellerverschlag wieder zu, ließ das Vorhängeschloss einrasten.

Alle anderen Verschläge waren ebenfalls gesichert, durch den Maschendraht einsehbar. Sie waren vollgestopft mit Dingen des Lebens, die irgendwann einmal wichtig gewesen, jetzt nur noch überflüssig waren. Gartengeräte, Koffer, Taschen, Töpfe, alte Kleidung, Kinderspielzeug. Elemente der Vergangenheit im Warteraum zum Sperrmüll.

AM verließ den Keller. Inzwischen wusste er, wo der Schalter für das Treppenhauslicht zu finden war. Die Haustür war nur angelehnt. Das fiel ihm auf. Er war sich sicher, sie ins Schloss gedrückt zu haben. Ein Treppenabsatz höher und er stand vor Ayhans Wohnungstür. Er schob sie auf.

»Unten ist nichts«, sagte er laut.

Carola antwortete nicht.

AM durchquerte die Diele.

Die Tür zum Wohnzimmer war offen.

Carola stand mitten im Raum, hinter ihr ein Mann in einer schwarzen Lederjacke. Bulliger Schlägertyp. Der

Mann hatte den linken Arm um Carolas Nacken gelegt, seine Hand lag auf ihrem Mund, presste ihn zu. In seiner rechten Hand ein Messer, die Klinge an Carolas Hals. Ihr zurückgebogener Kopf ließ ihren Hals frei und verletzlich werden. Die Schneide presste sich gegen die Haut unter ihrem Kehlkopf. Ein feiner Blutstrich war dort zu sehen.

»Bleib stehen!«, sagte der Mann.

AM blieb stehen.

»Auf die Knie!«, sagte der Mann.

AM sah den Fremden an, sah Carola an, sah in ihre Augen.

»Nö«, sagte AM.

Er drehte sich einfach um, verließ den Raum, war schon hinter der Ecke zur Diele verschwunden.

»Verflucht, bleib stehen!«, brüllte der Mann in der Lederjacke. Er stieß Carola grob zur Seite, packte sie in den Haaren, lief zur Tür, zog Carola hinter sich her, hatte das Messer in der Hand, nicht mehr an ihrem Hals, wollte um die Ecke. Hinter der Ecke stand AM, hielt eine Pistole in der Hand, drückte ab, sofort, schoss dem Mann ins Bein.

Die Explosion des Schusses war weniger laut als erwartet, war kurz und präzise.

Und erfolgreich.

Der Mann lag auf dem Boden, hielt sich mit beiden Händen die Wade. Blut färbte den Stoff der Hose. Das Messer lag seitlich von ihm, Carola trat danach, schob es mit dem Fuß unter die Sitzgruppe, außer Reichweite.

Der Mann wimmerte.

»Warum?«, fragte er.

»Warum was?«

»Warum bist du nicht stehen geblieben?«

»Weil ich alt bin, aber nicht blöd«, sagte AM.

Er reichte Carola die Hand. Sie stieg über den Mann mit der Lederjacke hinweg. Der presste beide Hände um die Wade.

»Und weil sich alte Leute nicht mehr erpressen lassen«, sagte AM. »Das ist vorbei. Rechne niemals damit, dass ein alter Mann reagiert wie alle anderen reagieren würden. So wie man das aus dem Fernsehen kennt. Ein alter Mann ist immer ein Risiko. Besonders für Geiselnehmer.«

Sie ließen ihn wimmern, weil das Wimmern eigentlich ein Fluchen war.

Verliererwimmern.

Carola zog AM durch die Diele nach rechts in das Schlafzimmer. Auf dem Bett lag ein schwarzer Aktenkoffer.

»Habe ich gefunden«, sagte Carola. »Lag unter dem Bett.«

»Originelles Versteck«, sagte AM.

Carola lächelte.

Sie verließen die Wohnung. Sie liefen durchs Treppenhaus nach unten. Sie öffneten die Haustür, sprangen in Ayhans Audi. An der Windschutzscheibe hing kein Knöllchen wegen unerlaubten, nächtlichen Parkens vor einer Garagenausfahrt.

Ein Glückstag.

AM startete. Die Vorderräder drehten durch. Der Wagen schleuderte auf die Fahrbahn, wurde abgebremst, ausgerichtet. Aus dem schwarzen Van gegenüber sprang ein Klon des Mannes, der oben in der Wohnung lag. In der Faust hatte der einen Schlagstock. Er holte aus, schlug auf das Dach des Audis. AM beschleunigte mit allem, was Hubraum und PS-Zahlen hergaben. Der Zwilling schleuderte den Schlagstock hinter ihnen her.

Albern.

Der Audi war schneller als fliegende Totschläger.
In diesem Fall hatte das Protzauto Sinn.

»Du hattest die Pistole die ganze Zeit in der Tasche?«, fragte Carola.

»Klar«, sagte AM.

»Und du hast mir nichts davon erzählt?«

»Wollte nicht angeben«, sagte AM.

»Angeben?«

»Kleiner Junge mit Ballermann und so.«

Carola sah ihn an, wusste nicht ob sie lächeln oder böse sein sollte. Da gab es tatsächlich Verhaltensweisen bei den Jungs, die sie noch nicht kannte.

Zumindest bei den alten Jungs.

Bei denen über siebzig.

Interessant.

Sie fuhren bis zum Spielbudenplatz Ecke Davidstraße. Ein Stellplatz unmittelbar vor der Davidwache war frei. Absolutes Halteverbot. Ausgenommen Einsatzfahrzeuge.

Passt, dachte AM.

Er stellte den Audi zwischen drei Streifenwagen, wischte den Handgriff der Pistole oberflächlich mit einem Taschentuch ab, warf sie zurück ins Handschuhfach, klappte den Deckel zu. Sie stiegen aus. Der schwarze Koffer aus Ayhans Wohnung blieb auf dem Fahrersitz liegen. Konnte so jeder sehen. Sollte so jeder sehen. War ein Geschenk. Würde die rechtmäßigen Besitzer schon erreichen.

AM verriegelte die Wagentüren, legte den Autoschlüssel auf das linke Vorderrad.

Nicht sehr originell.

Was soll's?

Einmal ums Eck zu Fuß, gar nicht weit. Einhundertfünfzig Meter schafft man locker auf St. Pauli sogar mit verbrauchter Hüfte und abgenutzten Kniegelenken. Selbst bei holperiger Basaltsteinpflasterung, klebrig von den Lebensresten der vergangenen Nacht. Abstrakt verteilte Hürden von vergessenen Besoffenen sind kein Problem, auch nicht die Scherben zerschlagener Bier- und Schnapsflaschen oder zerknautschte Aludosen alberner Energydrinks von Leuten, die ohnehin nichts mehr auf die Reihe kriegen. Geht alles. Steigt man drüber. Zur Not Zähne zusammenbeißen.

So ist das Leben.

Hans-Albers-Platz. Vor der Bar La Paloma wartete ein Taxi.

Sie ließen sich zum Hauptbahnhof bringen.

Der Hamburger Osthimmel strengte sich an, das erste Nieselgrau des Tages aufzubauen.

Das konnte der. Jahrhundertelang geübt.

Carola hakte sich bei AM unter. Er legte den Arm um sie, hielt sie fest.

Gut gegen Niesel war das.

Gut gegen Grau.

»Ich mag die Nächte mit dir«, sagte Carola.

Der feine Blutstreifen an ihrer Kehle war getrocknet.

Geld ist Geld. Nur die Menschen, die es benutzen, sind unterschiedlich

Baba wusste, dass es ernst war, und er nahm es ernst.

Er verriegelte die Eingangstür und hängte das Schild ›Geschlossen‹ vor die Scheibe. Er schaltete die Fritteuse ab und die Glühspirale des Dönergrills. Der Motor lief weiter. Er füllte zwei Teegläser, stellte sie auf ein Tablett, Zuckerschale dazu, Löffelchen, brachte alles an den Tisch, an dem Dilek saß.

Das musste sein.

»Wir haben jetzt Zeit«, sagte er. »So lange, bis alles geklärt ist.«

Und dann tat er etwas, was er nie zuvor getan hatte: Er schaltete den Flachbildschirm ab.

Da wusste Dilek, dass alles gut werden würde, ganz gleich, was sie nun erfahren würde.

Es wurde gut.

Dilek verstand viel von dem, was ihr Vater tat, was er in all den Jahren getan hatte. Sie respektierte es.

Aber sie akzeptierte es nicht.

»Es ist nicht in Ordnung«, sagte sie.

»Welche Ordnung meinst du?«, fragte Baba.

»Es gibt nur eine Ordnung«, sagte Dilek.

Baba nickte nachdenklich.

»Ja, vielleicht hast du recht«, sagte er. »Vielleicht meinst du die staatliche Ordnung. Aber es gibt auch Menschen, die in diesem Staat leben, die in diesem Land arbeiten wie Sklaven. Außerhalb deiner Ordnung. Vielleicht sind sie irgendwann einmal als Migranten gekommen, allein, ohne ihre Familien, ohne ihre Frauen, ohne ihre Kinder. Sie arbeiten Tag und Nacht für sehr wenig Geld. Niemand sonst will diese Arbeiten erledigen, die sie verrichten. Nicht unter diesen Bedingungen. Das Land profitiert davon und viele in diesem Land ebenso. Das ist deren Ordnung. Diese Leute leben in erbärmlichen Verhältnissen, trotzdem schicken sie Monat für Monat Geld in ihr Heimatland, damit ihre Familien dort existieren können. Spärliche Summen sind das. Unterhaltszahlungen, die im Transfer regulärer Banken von den Gebühren aufgefressen werden würden. Bei den Familien würde kaum etwas ankommen. Für sie alle ist Hawala die einzige Möglichkeit, ihren Familien zu helfen. Lebenswichtig. Neben deiner Ordnung.«

»Aber auch Drogengelder werden so verschoben«, räumte Dilek ein. »Und die Beute aus Steuerhinterziehungen, mit der dann irgendwo ganz groß in Hotels und Immobilien investiert wird.«

Baba nickte.

»Ja, das ist vielleicht so ...«

»Nicht nur vielleicht. Bestimmt! Und du weißt es.«

»Sprich darüber mit den Ärzten ohne Grenzen«, sagte Baba. »Frag sie, wie sie ihre Hilfsgelder nach Mali oder in den Jemen schicken. Frag andere Hilfsorganisationen. Viele von denen nutzen Hawala, weil es für sie gar keine andere Möglichkeit gibt, um in Ländern, in denen sie selbst verfolgt werden, existieren und unterstützen zu können.«

Dilek lehnte sich zurück, kreuzte trotzig die Arme vor der Brust.

»Trotzdem hilfst du auch Verbrechern«, sagte Dilek.

»Verbrechern, aber auch Menschen, die gut sind«, sagte Baba. »Wer will das unterscheiden? Ich helfe selbst seriösen Firmen, die ohne Hawala gar nicht handeln könnten. In den

Irak könntest du legal gar kein Geld verschicken, weil es dort überhaupt kein normales Bankensystem gibt.«

»Was ist mit Ayhan?«, fragte Dilek. »Der verschickt nicht die spärlichen Summen aus harter Arbeit, von denen du redest.«

»Ich weiß nicht, womit Ayhan sein Geld verdient«, sagte Baba.

»Weil du es nicht wissen willst!«, sagte Dilek.

Ihr Vater nahm einen Schluck Tee. Dileks scharfer Ton war respektlos, aber er nahm ihn hin.

»Wenn du in eine Bäckerei gehst und ein Brot kaufen möchtest«, sagte er, »dann gibt dir die Verkäuferin die Ware und nimmt dafür dein Geld. Sie fragt dich nicht, woher du das Geld hast, aus welchen Geschäften es stammt. Sie nimmt das Geld, gibt dir das Brot, und damit ist alles erledigt.«

»Das ist nicht das Gleiche«, sagte Dilek.

»Geld bewegt sich«, sagte Baba. »Geld wandert. Du kannst es dem Geld nicht ansehen, woher es stammt. Es gibt kein gutes Geld und es gibt kein schlechtes Geld. Es gibt nur Geld. Schlecht oder gut sind die Menschen, die es benutzen.«

»Und Ayhan ist schlecht!«, sagte Dilek.

Es wurde dunkel und sie redeten immer noch.

Die Sonne hatte sich erst im Blätterdach der Bäume auf der anderen Straßenseite versteckt, von dort aus die letzten flirrenden Goldstrahlen zur Verabschiedung in das Restaurant geschickt und sich dann hinter dem Horizont zur Ruhe gelegt. Es wurde dämmrig im Gastraum. Nur die roten Kontrollleuchten der Küchenzeile gaben Orientierung. Blutige Augen.

»Ich weiß nicht, woher du das alles über Ayhan weißt,

was du erzählst, und ich will es gar nicht wissen«, sagte Baba. »Ich weiß ebenso wenig, mit welchen Leuten du zusammen bist, was ihr macht und was ihr plant.«

»Es sind gute Leute«, sagte Dilek.

Baba sah seine Tochter an, nickte dann.

»Das wird so sein, wenn du das sagst.«

»Ich werde es dir erzählen. Irgendwann, aber nicht heute. Gib mir Zeit.«

»Gut. Ich werde warten. Du bist meine Tochter, ich vertraue dir.«

Er beugte sich vor, nahm ihre beiden Hände und bedeckte sie mit seinen.

»Du weißt nicht alles über mich, und ich weiß nicht alles über dich. Das ist so, aber das ist kein Vertrauensbruch. Auch das ist eine Ordnung.«

Er stand auf, bog die Schultern zurück, streckte sich.

»Ich bin das lange Sitzen nicht mehr gewohnt. Ich bin es nicht mehr gewohnt, dass nur der Kopf und der Mund arbeiten und nicht der ganze Körper.«

Er ging in seinem Restaurant mit staksigen Schritten auf und ab, rollte den Kopf auf den Schultern, drückte die Knie durch, streckte sich.

»Du weißt, dass Ayhan hier war«, sagte er schließlich. »Vor vier Tagen. Und wie immer gab es diese Spannungen zwischen euch.«

»Ich weiß. Die gibt es, seit ich ihn kenne, seit ich ein kleines Mädchen war.«

Sie nahm einen Schluck Tee.

»Heute weiß ich so viel mehr und ich hatte stets recht.«

Baba hob die Hand.

»Er war hier, weil er Geld zu seinem Partner nach Izmir schicken wollte«, sagte er.

»Schmutziges Geld«, sagte Dilek.

»Warte!« Baba sprach leise, bewegte sich mit vorsichtigen Schritten durch das Restaurant, sah Dilek nicht an. Es war wie ein Selbstgespräch.

»Der Transfer funktionierte diesmal nicht auf dem regulären Weg. Der Hawaladar in Izmir konnte nicht auszahlen, weil die Summen der letzten Zeit zu groß geworden waren. Die Überweisungen waren zu einseitig. Es gab ja immer nur eine geografische Richtung. Von West nach Südost in viel zu kurzer Zeit. Es fehlte der Ausgleich.«

»Die Summen waren zu groß?«, fragte Dilek. Ihre Stimme war viel zu laut dabei. »Du redest von den Ersparnissen alter Leute.«

Ihr Vater reagierte nicht darauf, redete weiter.

»Deshalb wird morgen ein Bote das Geld hier in bar abholen und auf verlässlichen Wegen über die Grenzen bringen. Fünfundzwanzigtausend. Cash.«

Dilek war sich nicht sicher, ob sie das richtig verstanden hatte.

»Ayhans Geld?«, fragte Dilek. »Du hast das hier?«

Ihr Vater tat so, als ob er die Frage nicht verstanden hätte. Er ging hinter die Theke, stützte sich auf das Büfett mit den Salaten.

»Du musst Hunger haben«, sagte er nur. »War ein langer Tag. Viele Stunden reden. Was möchtest du essen?«

Dilek sah ihren Vater an. Konnte nicht glauben, was er ihr da gerade erzählt hatte.

Baba nahm ein Besteck, mischte die Salate, ganz normal, bewegte sich hinter der Theke, so, als ob nichts gewesen wäre.

Aber da war nichts normal. Eigentlich müsste jetzt der

Fußboden zittern und die Gläser müssten in den Regalen klirren. Oder zerspringen.

Ihr Vater hatte alle Regeln gebrochen.

Alle Gesetze.

Dilek lächelte.

»Du weißt schon, was richtig ist«, sagte sie. Ja, sie liebte ihn. Sie fühlte sich gut. Endlich wieder.

»Ich vertraue dir, auch wenn es um ein leckeres Abendessen geht. Stell mir doch einfach etwas zusammen.«

»So machen wir das.«

Baba nickte, nahm zwei Teller und griff nach dem Vorlegebesteck.

Und dann schaltete er den Flachbildschirm ein.

Alles schien wie vorher.

Aber nichts war wie vorher.

Alles war besser.

Der Treffpunkt außerhalb der Stadt war allein ein klares Warnzeichen.

Er wusste es.

Auf verlassenen Waldwegen werden keine freundschaftlichen Gespräche geführt.

Niemals.

Erst recht nicht, wenn der Treffpunkt kein Vorschlag war, sondern ein Befehl. Eindeutig. Keine Diskussion. Ignorieren wäre tödlich.

Akzeptieren vielleicht auch.

Keine Chance.

Er war pünktlich und der schwarze Van stand bereits dort. Der Motor lief im Leerlauf.

Der Stumme parkte seinen Toyota, war gehorsam, so wie es die Nachricht auf seinem Handy verlangt hatte. Er stellte den Motor ab, stieß die Tür auf, wartete neben seinem Wagen. Er lehnte sich gegen den Holm. War besser so. Seine Knie wollten mit einem Mal das Körpergewicht nicht mehr allein tragen.

Die Fahrertür des Vans öffnete sich, ein Mann stieg aus. Seine schwarze Lederjacke wirkte teuer, war aber viel zu klein für den bulligen Oberkörper. Das Leder spannte über der Brust, an den Schultern. Die Ärmel waren zu kurz.

Das Gesicht des Mannes lächelte nicht, konnte nicht mehr lächeln. Da waren viel zu viele Narben an den Lippen, um die gebrochene Nase, auf den Wangen, auf der Stirn. Zeichen geschlagener Kämpfe, die nicht nach fairen Regeln ausgetragen worden waren.

Keine Zeichen, die Hoffnung versprachen.

»Geh an den Kofferraum!«, sagte der Mann.

Der Stumme schlich an seinem Wagen entlang nach hinten, drückte sich gegen das Blech, suchte damit Deckung und Schutz, den es nicht gab.

»Öffnen!«, sagte der Mann.

Der Stumme drückte die Entriegelung. Die Kofferraumklappe fuhr hoch.

Der Mann in der Lederjacke stand jetzt sehr nah. Er packte den linken Arm des Stummen, drehte ihn, legte dessen Hand auf den unteren Kofferraumrand. Die Hand des Mannes in der Lederjacke tätschelte die Hand des Stummen. Fast zärtlich wirkte das.

Falsche Zärtlichkeit.

»Du hattest den Auftrag, den Audi zu beobachten!«, sagte der Mann.

Der Stumme fühlte den Schweiß auf seiner Stirn. Salzige Flüssigkeit lief durch seine Augenbrauen in seine Augen. Brannte da.

Er hatte Angst.

Dann flossen die Tränen.

Er hatte keine Chance, etwas zu erklären.

»Du hast das nicht getan!«, sagte der Mann.

Er schlug den Kofferraumdeckel mit aller Kraft zu.

Vier Finger der linken Hand brachen sofort.

Der Schmerz war grauenhaft, wollte Bewusstlosigkeit.

Keine Gnade.

Der Mann mit der Lederjacke ging zurück, stieg in seinen Van. Der Motor drehte hoch. Sattes, sonores Blubbern der Kolben. Durchdrehende Antriebsräder rissen eine nasse Spur in den Waldweg. Schlamm und feuchtes Laub schleuderten zur Seite.

Dann Ruhe.

Der Stumme sackte in die Knie, presste sein Gesicht in das Gras, in das gefallene Laub vom Vorjahr und schrie.

Er schrie!

Der Waldboden nahm das hin.

Sonst hörte ihn niemand.

»Warum machst du das?«, fragte Dilek.

»Warum mache ich was?«, fragte Willy.

»Das alles. Das mit Ayhan natürlich. Und alles andere. So, wie du lebst.«

»Große Fragen«, sagte Willy. »Wie viel Zeit hast du?«

»Bis ich es verstanden habe.«

Willy lächelte sein unrasiertes Claudia-Schiffer-Lächeln. »Dafür brauchst du ein Leben«, sagte er. »Mein Leben. Zumindest für die Langversion.«

»Und die Kurzversion?«

»Ganz einfach: Weil mein Freund das nicht anders gemacht hätte«, sagte Willy.

»Du hast mir von ihm erzählt. Und ich habe dich dabei zum ersten Mal traurig gesehen.«

»Er war die Schwester, die ich mir immer gewünscht habe. Er ist gegangen. Musste gehen.«

»Hätte er Carola genauso geholfen wie du? So kompromisslos, so uneigennützig?«

»Er hätte alles getan, was notwendig gewesen wäre. Alles. Bedingungslos. Das war sein Leben: Auflehnen gegen Unrecht, gegen Gemeinheit, gegen Falschheit, gegen Scheinheiligkeit. Überall und in jeder Form.«

»So große Worte«, sagte Dilek.

Willy lächelte. Willy nickte.

»Ja, aber bei ihm waren das ehrliche Worte«, sagte er.

Dilek dachte nach.

»Ehrlichkeit und Kompromisslosigkeit, das klingt stets so sauber und so gut«, meinte sie. »Jeder redet davon, das will auch jeder, es hat nur nicht jeder die Kraft dafür, wenn es darauf ankommt. Charakterstärke ist teuer.«

»Kostet nichts«, sagte Willy. »Im Gegenteil. Das ist wie Laufen im Wald oder Training mit Gewichten. Zuerst setzt du dabei Kraft ein, ja klar, aber dann gewinnst du damit letztendlich genau die Energie, die du zum Leben brauchst. Geht nur so. Ist der einzige Weg. Ist mein Weg.«

»Das ganze Leben als Training?«, fragte Dilek.

»Die Welt als Fitnessstudio«, sagte Willy.

Eine Tür, die nur locker ins Schloss gezogen und nicht verriegelt ist, ist eine offene Tür. Es braucht nur einen stabilen Plastikstreifen und fünfzehn Sekunden, und die Tür springt auf.

Die Männer betraten Ayhans Wohnung.

Einer der beiden Männer hinkte.

Sie kannten sich in der Wohnung aus. Sie waren schon einmal hier gewesen. Vor wenigen Tagen. Sie hatten keine gute Erinnerung daran. Einer von ihnen hatte hier Blut vergossen. Auf der Schwelle von der Diele zum Wohnzimmer war ein dunkelbrauner Fleck zu erkennen. Da war es passiert.

»Verflucht!«, sagte der Mann, der hinkte.

Augenblicklich waren die Schmerzen in der Wade wieder da.

Er hatte es in den letzten Stunden geschafft, ohne Schmerztabletten zu gehen. Jetzt sah er den Fleck auf dem Boden, und die Schmerzen waren zurück. Heftiger diesmal. Er bildete sich sogar ein, den Knall erneut zu hören, das Mündungsfeuer zu sehen und roch wieder das verbrannte Pulver.

So was vergisst du nicht.

Und er sah die Frau, die gegen sein Messer trat.

Und er sah den Mann mit der Waffe.

Er hasste Gespenster.

»Verflucht!«, sagte er noch einmal.

Die Erscheinungen verschwanden.

Der andere nickte nur. Er holte einen Stuhl aus der Küche, stellte ihn mitten in die Diele, genau unter die Deckenleuchte. Er stieg auf den Stuhl und öffnete die Halterung der halbschaligen, mattierten weißlichen Glaslampe. Dann schraubte er die Glühbirne aus der Fassung. Er sprang vom Stuhl, ging in die Küche und zerschlug den Glaskolben der Birne im Spülbecken. Er achtete darauf, dass die innere Glühspirale dabei intakt blieb.

Der Mann mit der Beinverletzung pulte ein Kondom aus der Verpackung. In der Innentasche seiner Lederjacke hatte er eine Flasche mit einer ockerfarbigen Flüssigkeit. Er füllte die Flüssigkeit in das Kondom. Es roch nach Benzin. Das Kondom blähte sich auf zu einer prallen, qualligen Wurst. Er hielt es mit der Öffnung nach oben.

Der andere schob vorsichtig die nackten Glühwendel der Birne in die Kondomöffnung, in die Flüssigkeit, spannte den Gummirand um das Gewinde, fixierte es dort mit einem Kabelbinder. Er drückte auf die gefüllte Latexblase, tastete den Rand auf ausgetretene Feuchtigkeit ab.

Alles dicht.

»Gut«, sagte der Mann.

Er legte die benzingefüllte Kondomqualle auf die Halbschale der Lampe, stieg auf den Stuhl, drehte das Gewinde der Glühbirne vorsichtig zurück in die Fassung, die Glühwendel tauchten in der Flüssigkeit. Er befestigte den Lampenschirm in seiner Halterung. Die Benzinqualle lag jetzt auf dem Lampenschirm unter der Decke, war durch das Mattglas von unten kaum zu erkennen. Jedenfalls nicht sofort.

»Verflucht gut«, sagte der Mann mit der Beinverletzung. Er sah an die Decke, musterte die Lampe.

»Fällt nicht auf«, sagte der andere.

»Noch nicht«, sagte der erste. Er verzerrte seine Lippen. Sollte ein Lächeln sein. War aber kein Lächeln. Lächeln war selten bei ihm. Lächeln ging nicht. Selbst Grinsen nicht. Nicht mehr. War nicht mehr sein Ding.

Der Mann mit den gesunden Beinen brachte den Stuhl zurück in die Küche. Dann schraubte er den inneren Beschlag der Eingangstür ab und entfernte die Klinke. Sie schlossen alle Zimmertüren zur Diele. Es musste dunkel sein im Flur. Auch tagsüber. Für alle Fälle.

Sie verließen die Wohnung.

Die Tür fiel hinter ihnen ins Schloss.

Das volle Programm: Sieben Streifenwagen, drei Mannschaftswagen. Zwei Kleintransporter. Einsatzkräfte mit Splitterschutzwesten und Maschinenpistolen im Anschlag.

Kompakter Auflauf.

Eine kleine Armee.

Beeindruckend.

Dazu dreimal mehr Zuschauer außerhalb der Absperrung durch Flatterbänder als Polizisten dahinter.

Das Publikum dokumentierte. Stand da mit gezückten Handykameras auf der Jagd nach dem ultimativen Knaller für YouTube. Endlich mal was los im Quartier. Zur perfekten Unterhaltung fehlte nur Kamerad Flachmann mit dem Hochprozentigen. Dazu hätte es jetzt einen Kiosk gebraucht - aber der war ja nun mal nicht zugänglich, weil er das Objekt der ganzen Aktion war.

Scheißspiel.

Eine schwere Stahlramme für alle Fälle lag etwas abseits auf dem Bürgersteig in Bereitschaft, falls eine Tür verschlossen sein sollte und Theo sich weigerte, aufzuschließen.

Theo weigerte sich nicht.

Durchsuchungsbeschluss ist Durchsuchungsbeschluss. Theo schloss bereitwillig alles auf, was zur Durchsuchung aufgeschlossen werden sollte. Viel war das nicht. Der Kiosk war kein Palast. Die Ramme konnte geschont werden. Theos Türen auch.

Lottoeinzahlungen bei Theos Versorger konntest du heute allerdings vergessen.

Gewinnauszahlungen ebenso. Falls du doch mal Glück gehabt haben solltest, hättest du heute Pech gehabt.

Mal wieder.

Und wer Zigaretten wollte, musste woanders hingehen.

Denn darum ging es ja!

Insbesondere um Zigarettenpackungen ohne Steuerbanderole.

Aha!

Die Hälfte der Beamten hatte vier große weiße Buchstaben auf dem Rücken ihrer Schutzwesten: ZOLL. Sie wimmelten emsig wie Ameisen auf Speed durch den Verkaufsraum, suchten unter der Ladentheke, hinter den Regalen, auf den Regalen, zwischen den Regalen, im Lager, in Schubladen und Schränken, auf der Toilette im Wasserkasten, suchten Verstecke, auf die niemand sonst gekommen wäre.

Fanden aber keine.

Einen Keller gab's nicht.

Was sie fanden, lag offen in der Schublade unter der Ladentheke: zwanzig Stangen Zigaretten, unterschiedliche Marken, vermutlich aus Polen.

Würde sich bald herausstellen.

Auf jeden Fall unverzollt.

Na bitte.

Außerdem ein Fläschchen mit einer klaren, unetikettierten Flüssigkeit. Wär vielleicht was fürs Labor. War jedoch nicht Gegenstand des Ermittlungsauftrags. Also egal.

Dazu eine Glock 17, neun Millimeter Gaspistole. In diesem Fall allerdings legaler Besitz. Die durfte da liegen, kleiner Waffenschein lag vor.

Wurde trotzdem requiriert.

Auf jeden Fall die zwanzig Stangen Zigaretten. Erfolgserlebnis!

Wurden ordentlich verpackt in einer amtlichen Box.

Amtlich, mit Bundesadler verziert. Sah bedeutend aus: Der grimmige Vogel auf einer Kiste mit zwanzig Stangen Zigaretten.

Die Box war so leicht, die konnte ein Beamter allein tragen. Dreizehn Kollegen gaben ihm Geleitschutz. Bewaffnet. Waren ja nun mal da, die Jungs. Wurden ja nun mal bezahlt. Aus Steuergeldern. Mussten was tun für ihren Sold gegen Steuerhinterziehung.

Eine einzige Plastikbox mit zwanzig Stangen Zigaretten sah auf der üppigen Ladefläche des Transporters nicht nach viel aus. Der aufgedruckte Bundesadler ließ das auch nicht gerade wuchtiger wirken.

War auch nicht wuchtig. War gar nicht viel. War weniger als erwartet.

War aber genug für eine Anzeige.

»Sie hören von der Staatsanwaltschaft«, sagte der Einsatzleiter.

»Sicher«, sagte Theo. »Sicher ...«

Er stand an der Eingangstür, sah zu, wie die Armee alles einpackte, auch die schwere Stahlramme, bevor sich der Schrottsammler mit lüsternen Augen darüber hermachen konnte, sich sammelte und wieder abrückte.

»Scheißspiel!«, sagte der Bursche in der roten Bomberjacke mit dem Piratentuch, das seine Wuschelhaare bändigte.

Anton war da!

Anton war immer da, wo was los war.

Theo hatte im ganzen Trubel gar nicht bemerkt, dass dieser Typ bereits länger neben ihm stand.

Wie lange denn schon?

Der hatte ihm gerade noch gefehlt.

»Du hast mir gerade noch gefehlt!«, sagte Theo.

»Weiß ich«, sagte Anton.

»War ein Kunde«, sagte Theo. »Einer, der ausschließlich meine günstigen Polen kaufte.«

Er musste jetzt mit jemandem reden. Adrenalinabbau. Mit wem war egal. Zur Not mit einem Verkehrsschild. Und wenn es kein Verkehrsschild gab, dann eben mit dem Typen in der roten Bomberjacke.

»Der hatte irgendwann eine Vorladung wegen Randale im Suff und hat den Bullen eine von diesen Kippen angeboten. Meinte, das wären danach seine Freunde und würden ein Auge zudrücken.«

»Ham 'se aber nicht«, meinte Anton.

»Nee«, sagte Theo. »Ham 'se nicht. Machen die bei mir hier wahrscheinlich auch nicht.«

»Machen die nie«, sagte Anton.

»Und was mache ich jetzt?«, fragte Theo. Im Augenblick fühlte er sich wie damals, als er den Job auf dem Ostseefrachter verloren hatte. Nach dem Unfall. Ganz tief unten war er da. War jetzt ein ähnliches Gefühl.

Ganz mies. Ganz unten. Kellerkind.

»Aufstehen und weitermachen«, meinte Anton. »Was denn sonst?«

Er nahm die Hände aus den Taschen und perforierte die Luft mit ausgestreckten Fingern. Zeigefinger und kleiner Finger nach vorn, Mittelfinger und Ringfinger gegen die Handinnenfläche gepresst. Damit dirigierte er seine Worte.

»Den Laden neu organisieren. Du zeigst mir, wie man einkauft und ich zeige dir, wie man verkauft. Alt lehrt Jung und Jung lehrt Alt.« Anton schnalzte mit den Fingern, ließ den Satz rhythmisch melodisch klingen.

Rap im Alltagsleben.

Theo sah den Burschen mit dem Piratentuch um den Kopf an.

»Du zeigst mir was?«

»Verkauf ohne Verluste«, sagte Anton. »Du kannst vielleicht einen Laden einrichten und mit dem Finanzamt reden und die Ware schön präsentieren, aber ich kenne die Menschen und ich kenne die Möglichkeiten, die Ware unbemerkt da wegzunehmen. Ab sofort keine Ausfälle mehr. Ist das ein Deal?«

»Mhm«, meinte Theo.

War was zum Nachdenken.

»Wäre eine Win-win-Situation«, sagte er.

»Genau«, sagte Anton. »Jung und dynamisch plus alt und verschlagen. Super Kombination.«

»Wer ist hier alt?«, fragte Theo.

»Auf jeden Fall der Firmenname«, sagte Anton. »Theos Versorger ist hausbackener Scheiß. Muss weg! Wir sprühen dick und bunt WIN-WIN auf die Schaufensterscheibe. Kann sich jeder was zu denken. Krasser Graffiti-Style, verstehst du? Über die gesamte Fläche, über die Tür, über die Seitenwände. Bunt und grell und aufdringlich. WIN-WIN! Riesiger Schriftzug auf der gesamten Bude. Ich kenne Leute, die richtig gut darin sind. Die machen das für zwei Stangen Zigaretten. Für echte. Für legale!«

»Und das ist dann der neue Kiosk?«

»Das ist dann unser neuer Kiosk! Ich habe jetzt einen Job bei dir.«

»Ach, ja?«, sagte Theo.

»So läuft's Business«, sagte Anton.

Kein Stummer, keine Blinde und kein Staatsanwalt. Nur das Kleinkind ist echt

Stell dir vor: Eine Familie in ihrem Auto, Toyota, Mittelklasse, kurz vor dem Start in den Urlaub.

Der Wagen parkt im Augenblick vor dem Dönergrill. Der Vater hatte da irgendwas abzuholen.

Und so sieht's aus: Kindersitz hinten, das Kleinkind, knapp zwei Jahre, ist angeschnallt, Schnuller im Mund, spielt mit einem Kuscheltier, versucht dem Lieblingsteddy die Knopfaugen auszupulen.

Die Mutter auf dem Beifahrersitz.

Sie ist angespannt, das ist nicht ungewöhnlich, es gibt ja viel zu organisieren und zu bedenken, wenn die Familie in den Urlaub fährt. Jedenfalls ist die Sonnenbrille schon mal da. Zwar auf die Stirn geschoben, ist hier noch überflüssig, ist aber bereit für den Süden.

Der Vater steigt ein, sitzt jetzt hinter dem Lenkrad.

Schaltet am Radio, programmiert das Navigerät, alles mit der rechten Hand, die Linke liegt im Schoß, ruht sich aus, die Handlungsfähigkeit der Hand ist klar eingeschränkt, wegen des Verbands. Alle vier Finger sind in kräftige Mulllagen eingepackt, nur der Daumen liegt frei.

Der Vater dreht den Zündschlüssel, der Motor startet, die Mutter lächelt, kann endlich entspannen. Das Kleinkind hinten brabbelt lustige Sachen. Der Teddy ist geduldig.

Es geht los.

Der Vater tritt die Kupplung, legt den ersten Gang ein, gibt vorsichtig Gas. Der Toyota bewegt sich, fährt einen halben Meter.

Das Seniorenmobil hatte niemand gesehen.

Es ist plötzlich da, kommt von links, fährt dicht vor den Kühlergrill des Toyotas, stoppt, blockiert. Am Lenker eine ältere Frau. In einer seitlichen Halterung ein Hexenbesen. Der wippt und winkt.

Der Vater tritt die Bremse, reflexartig, kuppelt viel zu spät, der Toyota bockt, der Motor ist aus.

Abgewürgt.

Die Mutter stützt sich mit beiden Händen am Armaturenbrett ab. Ihre Sonnenbrille rutscht von der Stirn. Sie fängt sie nicht auf. Sie ist viel zu erschrocken.

»Was, zum Teufel ...«

Das Kleinkind wird nach vorn in die Sicherheitsgurte gedrückt, nur ganz mild, die Geschwindigkeit war nicht sehr hoch. Der Teddy kullert in den Fußraum. Gut so. Seine Knopfaugen sind gerettet.

Erst einmal.

Der Vater stammelt etwas, was, ist nicht zu verstehen, könnte ein Fluch gewesen sein. Aber fluchen ist verboten. Kleinkind hört mit.

Jemand klopft an die Scheibe der Fahrertür.

Der Vater blickt auf, sieht dort einen älteren Mann neben dem Wagen stehen, drückt einen Knopf, die Fensterscheibe fährt nach unten.

»Staatsanwaltschaft«, sagt der Mann. Er tippt mit seinem Zeigefinger lässig seitlich gegen seine Stirn. Salopper Militärgruß.

Er reicht ein gefaltetes Papier in den Wagen.

Der Vater nimmt das Papier mit der rechten Hand entgegen, faltet es auseinander, ist nicht so leicht, mit nur einer Hand.

Das Landeswappen ist als Wasserzeichen auf dem Schreiben zu erkennen und unten rechts der Siegelstempel des Amtsgerichts. Die Überschrift in Großbuchstaben und Fettschrift: Durchsuchungsbeschluss.

»Ja, aber ...«, sagt der Vater.

»Beide Hände auf das Lenkrad!«, sagt der Mann. »Dahin, wo ich sie sehen kann!«

Der Vater gehorcht, die Rechte polstert die Linke unter dem Verband.

»Sie auch!«, sagt der Mann. Er richtet sich an die Frau.

Die Mutter hat ihre Hände auf dem Armaturenbrett, seit dem Bremsmanöver, sie lässt sie da. Sie will etwas sagen, ihre Lippen bewegen sich, aber noch fehlt der Ton.

An der rechten Wagenseite steht eine große blonde Frau.

Eine sehr große blonde Frau.

Eine sehr große blonde Frau mit bläulichem Bartschatten.

Sie trägt einen wenige handbreiten, knatsch engen Glattlederrock mit Schlitz, breiter Gürtel mit angehängten Handschellen und Strumpfhosen mit Naht, ein dunkelblaues Bolerojäckchen mit Schulterklappen und goldenen Sternen als Dienstgradabzeichen. Vier Sterne. Polizeihauptkommissar, Besoldung A 12.

Die große blonde Frau öffnet die hintere Seitentür, lächelt dem Kleinkind zu. Sie öffnet den Sicherheitsgurt des Kindersitzes, hebt das Kind vorsichtig an, zieht dabei Grimassen, macht Faxen und komische Geräusche.

Das Kleinkind lacht.

Die große blonde Frau lacht ebenfalls.

Gute Stimmung.

»Was, zum Teufel ...«, sagt die Mutter noch einmal. Mehr schafft sie nicht.

»Ruhe!«, sagt der Mann neben der Fahrertür. »Die Hände bleiben, wo sie sind.«

Die große blonde Frau beugt das Kleinkind leicht nach

vorn, kann die kleine Brust mit der großen Hand locker abstützen. Sie zieht das kurze T-Shirt am Rücken hoch, schiebt die Windel ein wenig nach unten, findet dort einen Briefumschlag, nimmt ihn an sich. Sie ordnet die Kleidung des Kindes, setzt es zurück in den Sitz, alles sehr liebevoll, alles sehr gekonnt. Sie schnallt es an, nimmt den Teddy aus dem Fußraum, legt ihn zurück in die Arme des Kindes.

Das alles ging sehr schnell.

Das Kind freut sich, kann die Augen des Kuscheltieres wieder bearbeiten und greift tapsig nach den blonden Locken der großen Frau.

Die große blonde Frau freut sich auch, hebt den Briefumschlag über das Wagendach. Alle können ihn jetzt sehen.

Der Mann neben der Fahrertür greift in den Wagen nach dem Durchsuchungsbeschluss, nimmt ihn zurück.

Die ältere Frau startet das Seniorenmobil, fährt los, gibt den Weg frei.

»Gute Weiterfahrt«, sagt der ältere Mann.

»Ja aber ...«, sagt der Fahrer.

»Der Umschlag ist beschlagnahmt«, sagt der Mann. »Eine Quittung gibt's im Kommissariat. Fragen Sie dort nach der Soko Doppel G. Soko GG – Greis Greifer. Bitte vergessen Sie die beiden Rs nicht bei Ihrer Aussprache.«

»Sie sind kein Polizist«, sagt die Frau. »Und auch kein Staatsanwalt.«

»Richtig«, sagt der Mann. »Schön, dass Sie nicht blind sind.«

Baba war unruhig.

Er lief in seinem Restaurant auf und ab und vermied es, aus dem großen Fenster zur Straße zu schauen.

Obwohl da gar nichts mehr los war.

Obwohl alles längst vorbei war.

»Es wird Wellen schlagen«, sagte Baba.

»Dann lass uns darauf surfen«, sagte Dilek.

Baba zog die Augenbrauen hoch. Auf seiner Stirn bildeten sich steile Falten.

»Klingt gut.« Er nickte. »Sprüche klingen immer gut. Sind jedoch nur Sprüche.«

»Ich weiß«, sagte Dilek. »Manchmal helfen sie. Manchmal können sie Kraft geben oder Mut machen.«

»Kraft und Mut wachsen woanders«, sagte Baba. »Du willst Journalistin werden, mit Sprache arbeiten. Mit Sprüchen allein wirst du dabei nicht viel erreichen. Wir müssen aufpassen, dass wir nicht mit schön formulierten Sätzen die Realität verlieren. Wirklichkeit ist anders. Wirklichkeit kann verdammt hart sein.«

Dilek spürte den Unterton in Babas Worten. Da war etwas, das war schwächer als Angst, aber viel stärker als Vorsicht. Sie ahnte, dass er um Dinge wusste, die ihr in ihrer behüteten Welt bisher verborgen waren.

Das hier, das war noch nicht zu Ende.

Baba richtete sich auf, blickte Dilek an. Sie las in seinen Augen, dass viel Entschlossenheit in diesem Körper steckte, in diesem Kopf, in seinen Gedanken.

Er hatte recht: Kraft und Mut wachsen woanders.

»Ab jetzt müssen wir vorsichtig sein«, sagte Baba. »Vielleicht beginnt heute für uns eine neue, gefährliche Zeit. Wir sollten bereit sein.«

»Zeit beginnt nicht und Zeit endet nicht«, sagte Dilek. »Zeit ist immer. Und wenn wir gemeinsam da sind, ist das immer auch unsere Zeit.«

Baba seufzte, Baba lächelte.

Das Lächeln war stärker.

»Diese Journalisten! Dauernd einen flotten Spruch auf den Lippen.«

Er schüttelte den Kopf.

»Das kann doch nichts werden ...«

Er hatte ganz schön abgebaut.

Aus dem arroganten Alte-Leute-Ausnehmer war ein erbärmliches Häufchen Elend geworden. Nichts mehr mit Selbstbewusstsein. Der große Ayhan war fertig. Drei Tage hatte das gebraucht. Drei Tage unfreiwillig auf einer Kegelbahn.

Dazu drei alte Leute.

Das hatte gereicht.

Man könnte ihn bedauern, wenn es so etwas wie Mitleid in Ayhans Gefühlswelt gäbe.

Nur, damit er Bescheid weiß.

Damit er versteht.

War aber nicht so.

AM nahm einen der großen, gläsernen Aschenbecher von der Theke, zog ein zerknülltes Blatt Papier aus seiner Tasche, legte es in den Aschenbecher und zündete es an. Sah wie ein offizielles Schriftstück aus. Amtliche Siegel. Irgendein Beschluss. Gute Computerarbeit. Photopaint. Ist kinderleicht heute. Kann jeder.

Zurück blieb schwarze Asche und ein dünner Rauchfaden.

Ayhan starrte nur vor sich hin.

»Beschluss schreibt man mit Doppel-s und nicht mit ›ß‹«, sagte Carola.

»Danke«, sagte AM. »Wennschon falsch, dann wenigstens richtig falsch.«

Er kontrollierte Ayhans Handy.

»Aha.« Er strahlte. »Der Admin hat dich aus dem Chat abgemeldet. Du bist gesperrt, Ayhan. Das Smiley mit der

Narrenkappe war erfolgreich. Hat den richtigen Adressaten wohl erreicht. Fand der seltsamerweise nicht so witzig, wie es scheint.«

Ayhan saß zusammengesunken auf seinem Tresenstuhl an der Theke, das Handgelenk an der Haltestange angeschlossen. War zu seinem Stammplatz geworden. Unfreiwillig. Er hörte, was AM sagte, aber er reagierte nicht.

Unrasiert, ungekämmt, ungeduscht. Seit drei Tagen in denselben Klamotten, Tag und Nacht. Dazu abgesplitterte Schneidezähne, Blut auf dem Hemd und geschwollene Oberlippe. Das alles reduzierte die Selbstsicherheit erheblich.

»Vielleicht hast du noch eine kleine Chance«, sagte AM. »Du wirst es allerdings schwer haben. Die Flucht vor deinen Leuten könnte härter werden als die vor der Polizei.«

Jetzt blickte Ayhan auf. Die Augen waren müde, dunkel umschattet.

»Ihr wollt mich laufen lassen?«

AM nickte.

»Mhm, wir werden uns trennen«, sagte er.

Ayhan nahm die Nachricht auf, wie ein Delinquent sein Todesurteil aufnehmen könnte. War ja was dran. Nur seine Todeszelle war ein ganzer Planet.

»Du hast die Wahl«, sagte Carola. »Du kannst zur Polizei gehen und alles erzählen oder du kannst zu deinen Leuten gehen und alles erzählen. Du musst selbst entscheiden, was besser für dich ist. Und wer dir eher glaubt.«

»Oder du erzählst niemandem etwas, verschwindest einfach und fängst ein neues Leben an«, sagte Willy. »Ein sauberes Leben. Das ist leichter, als du denkst. Ich kenne mich da aus.«

»Nur hierbleiben kannst du nicht«, sagte AM. »Wir haben alles erledigt. Und Freunde werden wir nicht mehr.«

Ayhan sah Carola an, sah AM an, sah Willy an. Um Mitgefühl zu erbitten, müsste man wissen, was das ist und wie das geht, das mit der Anteilnahme. Das waren Dateien, die in Ayhans System noch nie existiert hatten.

»Polizeischutz«, murmelte er nur.

»Eine Möglichkeit«, sagte AM. »Klar, wenn du auspackst und alles erzählst, wenn du Namen nennst, könnte das eine Option sein. Nur – das musst du selber organisieren.«

»Du bist doch schon groß«, sagte Willy.

Und dann stand Willy ganz plötzlich auf, öffnete die Handfessel um Ayhans Handgelenk, hob ihn vom Barhocker und trug ihn wie eine Kleiderpuppe vor sich her, an der Kegelbahn vorbei, an den Toiletten, am Raum mit dem Billardtisch, trug ihn bis zur Eingangstür. Bis hierher hatten Ayhans Füße den Boden noch nicht wieder berührt. Jetzt stellte ihn Willy ab, öffnete die Fluchttür nach außen, schob ihn auf den Bürgersteig.

»Tschüss, Arschloch«, sagte er.

Hinter ihm wurde verriegelt.

Freiheit

Ayhan stand auf der Straße.

Die Stahltür schlug hinter ihm zu. Er drehte sich nicht um. Er hörte, wie die Verriegelung vorgelegt wurde.

Es war vorbei.

Zwei Frauen auf dem Bürgersteig musterten ihn, wechselten die Straßenseite.

Ayhan lehnte sich an die Hauswand und schloss die Augen. Das Mauerwerk war kühl und es war fest, täuschte Halt vor und Sicherheit. Mit einer Hand massierte er das Handgelenk, um das die Stahlfessel drei Tage gelegen hatte. Wie lange er so dastand, wusste er nicht. Er öffnete die Augen selbst dann nicht, als eine Gruppe Halbwüchsiger an ihm vorbeipöbelte.

»Eh, du Penner, willst'e 'ne Kippe?«

Jemand schnippte ihm eine brennende Zigarette ins Gesicht. Er reagierte nicht.

Die Jugendlichen lachten dreckig und waren vorbei.

Irgendwann griff Ayhan in seine Jacke und zog sein Handy hervor. Er versuchte es einzuschalten, das Display blieb dunkel.

Akku leer.

Ayhan atmete tief durch. Einmal, zweimal, dreimal – pumpte Sauerstoff bis in die tiefsten Spitzen seiner Lungenflügel.

Akku leer.

Er öffnete die Augen.

Er musste seinen Akku wieder laden.

Genau.

Sofort.

Er stieß sich von der Hauswand ab, überquerte die Straße und betrat den Gemüseladen.

Der Gemüsehändler sortierte Melonen in ein Regal, sorgfältig, liebevoll, eine neben der anderen, ordnete sie der Größe nach, hörte den Kunden hinter sich, sah sich aber nicht um.

»Bin sofort da«, sagte der Gemüsehändler.

Ayhan nahm eine Glaskaraffe von der Ladentheke und schlug sie dem Gemüsehändler gegen den Hinterkopf. Mit aller Kraft. Der Händler stürzte nach vorn, in das Regal. Unter seinem Gesicht zerplatzte eine Melone. Rote Masse spritzte. Vielleicht die Melone, vielleicht sein Kopf. Er rutschte zu Boden, riss Melonen und Früchte mit, bewegte sich nicht mehr.

Ayhan ging hinter die Theke, öffnete die Kassenschublade, griff nach den Geldscheinen, steckte sie ein und verließ den Laden.

Akku wieder voll, dachte Ayhan.

Überraschung bündelweise

Der Briefschlitz unten in der Eingangstür war eine schlechte Konstruktion.

Weiß der Teufel, wer sich das ausgedacht hatte. Mit Sicherheit niemand, der täglich als Erster das Büro aufschließen musste. Jeden Morgen lagen Post, Zeitschriften und der Wust der Werbezettel in einem wilden Durcheinander im Schwenkbereich der Tür. Es brauchte jedes Mal Kraft, sie aufzudrücken.

Das Büro lag etwas versteckt in einer wenig attraktiven Häuserzeile. Früher einmal war das hier eine kleine Postfiliale gewesen. Nach deren Schließung aus Rentabilitätsgründen gab es einen längeren Leerstand. Kein Interesse bei den ansässigen Geschäftsleuten.

Unattraktive Lage.

Seit einem halben Jahr prangte ein neues, blau-weißes Logo auf der Schaufensterscheibe:

Weißer Ring – Gemeinnütziger Verein zur Unterstützung von Kriminalitätsopfern und zur Verhütung von Straftaten e. V.

Dafür war die aus kaufmännischer Sicht schwache Geschäftslage nicht ganz so wesentlich. Wer ein Anliegen hatte, würde das Büro finden. Die Hauptkontakte liefen ohnehin über das Opfer-Telefon 116 006 oder per E-Mail.

Und die Büromiete war günstig.

So gesehen aus kaufmännischer Sicht also doch attraktiv. Alles eine Frage der Prioritäten.

An diesem Morgen schloss die Sekretärin gegen acht Uhr die Eingangstür auf. Sie war die Erste. Sie arbeitete hier wie viele ehrenamtlich. Das hieß aber nicht, dass sie ihre Aufgabe nicht zuverlässig und gewissenhaft erledigte.

Sie fluchte leise vor sich hin, als sich die Post unter dem Türspalt staute und verkeilte.

Ein Ritual.

Sie stemmt sich mit ihrem ganzen Gewicht dagegen. Übermäßig viel Gewicht war das nicht, sie war ein zartes Persönchen, hatte nach der Geburt ihres ersten Kindes schnell ihr ursprüngliches Gewicht wieder erreicht. Jedenfalls genug, um die Tür gegen den Widerstand zu öffnen.

Wie jeden Tag.

Sie sortierte die Werbeflyer aus, warf sie in den Karton mit dem Altpapier, legte die Zeitungen ordentlich zusammen, die bei der Türöffnung durcheinandergeraten waren und legte die Post der Größe nach geordnet auf ihren Schreibtisch.

Ein Umschlag fiel ihr sofort auf.

Er trug als Adresszeile nur den Namen Weißer Ring, sonst nichts. Keine Straßenbezeichnung, keine Frankierung. War also wohl so vom Absender oder einem Boten eingeworfen worden.

Eine merkwürdige, intensive Parfümierung ging von dem Brief aus. Den Geruch kannte sie. Der war ihr in der letzten Zeit sehr vertraut. Er erinnerte sie irgendwie an Babypuder oder Babyöl. Unverkennbar.

Sie nahm den Brieföffner und schlitzte diesen Umschlag als ersten auf. Was dann da herausrutschte und auf der Schreibunterlage landete, war alles andere als der tägliche, normale Briefverkehr.

Fünfzig-Euro-Scheine. Bündelweise. Ohne Banderolen, aber geordnet und mit ganz normalen Haushaltsgummis zusammengehalten.

Sie zählte durch.

Fünfundzwanzigtausend. Glatte Summe. Nicht schlecht.

Dazu ein weißes DIN-A4-Blatt, darauf ein einziges handgeschriebenes Wort: *Spende*.

Na, das ist ja mal eine Überraschung!

Im Zug hatte er tief und fest geschlafen, war nur einmal kurz aufgewacht, als der Schaffner die Fahrkarten kontrollieren wollte. Er spürte jetzt, wie die Energie in seinen Körper zurückfloss. Den Weg vom Bahnhof bis zu seiner Wohnung legte er in einem lockeren Trab zurück. Sein Pulsschlag steigerte sich kaum dabei.

Er war wieder da.

Im Treppenhaus blieb er einen Augenblick stehen und schloss die Augen. Die Bodenfliesen waren frisch gewischt worden, die Treppenstufen poliert. Der Geruch nach den Reinigungsmitteln war so vertraut. Er hatte es geschafft. Er würde duschen, mindestens eine halbe Stunden lang unter dem heißen Wasser stehen, würde sich rasieren, kämmen und frische Kleidung anziehen.

Dann wäre er wieder er.

Danach würde er bereit sein, die Demütigungen der letzten Tage aus seinem Leben zu schneiden.

Zuerst die Frau.

Carola. Diese Hexe mit dem Besen am Seniorenmobil. Mit ihr hatte alles begonnen, darum würde sie auch die Erste sein. Und sie würde am längsten von allen leiden.

Anschließend dieser alte Mann. Der würde wegen seiner verdammten Selbstsicherheit verrecken. Er hatte eine besondere Behandlung verdient.

Und schließlich dieses Monster, das sie Willy nannten. Nicht Mann, nicht Frau, also kein Mensch. Deshalb würde er auch nicht sterben wie ein Mensch. Er hatte ihn, Ayhan, berührt, hatte ihn erniedrigt. Er würde auf eine Art verenden, auf die noch niemals vor ihm ein Wesen verendet war.

Und erst wenn das alles erledigt war, erst dann würde er Kontakt mit seinen Leuten aufnehmen.

Sie würden ihn verstehen.

Der Inhalt seines schwarzen Koffers unter dem Bett würde sie zusätzlich überzeugen. Fette Beute. Über lange Zeit gesammelt.

Er war gut.

Er war der Beste gewesen.

Er würde alles aufklären können.

Sie würden ihn verstehen.

Ayhan nahm zwei Stufen auf einmal und stand vor seiner Wohnungstür. Er schloss auf. Jemand musste kürzlich hier gewesen sein. Das fühlte er. Vielleicht der alte Mann. Der hatte seinen Schlüsselbund eingesteckt. Alle Türen zur Diele waren jetzt geschlossen, bei ihm hatten sie immer aufgestanden.

Der schwarze Koffer unter dem Bett! Seine Lebensversicherung.

Ein Schritt und er war in seiner Wohnung.

Die Wohnungstür hinter ihm fiel ins Schloss.

Es wurde dunkel in der Diele.

Da war nur ein dünner Lichtschimmer unter den Türen.

Er kannte sich aus, wusste, wo sich der Lichtschalter befand. Er tastete an der Wand, fand den Schalter blind, legte ihn um.

Der Strom floss, ließ die Wendel der zerschlagenen Leuchte aufglühen. Zündtemperatur Benzin 240° Celsius. War sofort erreicht.

Die Feuerwolke erfüllte den gesamten Raum.

Brennende Flüssigkeit platzte von der Decke, schleuderte Glassplitter der Lampe, vermischt mit geschmolzenem Latex des Kondoms. Die Flammen erfassten die Kleidung, die an der Garderobe hing und die am Körper. Sie versenkten Haare, Augenbrauen und Lippen, ließen Kunstfasern schmelzen, setzten die Garderobe in Brand. Der Spiegel zersprang in der Benzinhitze. Ayhan schrie, taumelte zurück zur Tür, Feuer auf der Haut, fühlte den Beschlag – nur raus!

Keine Türklinke!

Perfekte Falle!

Giftiger Rauch verdrängte den Sauerstoff, drang tief in seine Lunge. Er schlug mit den Fäusten gegen das Holz, kratzte, bis seine Fingernägel blutig brachen, ging in die Knie, hustete und würgte. Er verlor das Bewusstsein, bevor die Flammen sein Hemd und seine Hose für immer in seine Haut einbrannten.

Er hörte nicht mehr, dass sich die Rauchmelder im Treppenhaus aktivierten.

Es war zu spät.

Er hörte nie wieder etwas.

Es ist immer gut, wenn der Verkehr sauber läuft. Staus will keiner. Die Autofahrer nicht, ganz klar, genauso wenig wie die Kollegen vom Grenzschutz.

Staus sind langweilig. Für alle.

An der bayerisch-österreichischen Grenze läuft der Verkehr. Schengener Freiheit. Freies Europa. Kein Stau. Die Fahrzeuge rauschen vorbei und die Kollegen stehen im Schatten und sehen zu und lassen laufen.

Präsenzpflicht.

Nur da sein und beobachten. Ganz locker und cool und entspannt. Die Fahrzeuge checken und die Insassen. Kurzen Blickkontakt aufnehmen, wirken lassen, abschätzen, das ist alles.

Das ist ganz schön viel.

Dabei darauf warten, dass vielleicht irgendwann ein instinktiver Mechanismus ein fiktives rotes Warngefühl im Kopf einschaltet. Das ist der Sinn. Vielleicht schaltet da auch was im Bauch oder im Solarplexus. Wo es konkret losgeht, weiß keiner so genau. Ist physisch schwer zu orten.

Funktioniert aber. Ist deutlich zu spüren.

Meistens.

Klick macht es jedenfalls nicht. Das ist eine Metapher von Autoren, die noch niemals acht Stunden an der Grenze im Einsatz waren. Wenn etwas auffällig ist, klickt es nicht. Was sollte denn da klicken im Bauch oder im Kopf? Wenn da was klickt, wäre das anatomisch bedenklich. In Wirklichkeit weiß man ganz plötzlich, da und nur da und jetzt sind schlechte Schwingungen. Ganz einfach. Und dann winkt man das Fahrzeug mit der schlechten Aura aus dem fließenden Verkehr und sieht sich die Sache einmal eingehend an.

Lockert zudem die Tagesroutine auf.

Muss zwischendurch mal sein.

Zum Beispiel den schwarzen Van.

Denn da ist ein Mann auf dem Beifahrersitz, dessen Lippen liebend gern zittern möchten, der das aber angestrengt zu unterdrücken versucht, als die Kollegen nur oberflächlich ins Fahrzeuginnere schauen, und dem deshalb schon dicke Schweißperlen auf der Stirn stehen.

Na so was!

Da macht es nicht Klick, aber das rote Warngefühl im Bauch oder sonst wo, ist da.

Ganz deutlich.

Also los! Rauswinken und Papiere kontrollieren!

Ganz freundlich und locker und cool und entspannt.

Den Rest erledigt der Computer.

Der weiß alles.

Der weiß auch, dass gegen den Fahrer und Beifahrer ein beeindruckender Stapel an Haftbefehlen vorliegt. Eine bunte Mischung: Körperverletzung, schwere Körperverletzung, Nötigung, Erpressung - ein üppiges Spektrum an Gewaltdelikten. Eine lange Liste.

Treffer!

Delikte hauptsächlich aus dem norddeutschen Raum.

Da werden sich die Kollegen Fischköppe dort oben mal richtig freuen. Erst einmal den beiden vorsorglich Handschellen anlegen. Ist in diesem Fall die bessere Einleitung. Und dabei fällt der ein oder andere Blutstropfen aus dem Hosenbein des Beifahrers und tropft auf die Fliesen der Wache.

Das ist ja 'n Ding.

Der Notfallsanitäter ist sich sicher: Schussverletzung. Schlecht versorgt. Ein paar Tage alt. Und entzündet. Eine sich anbahnende Blutvergiftung.

Aha, daher die Schweißtropfen auf der Stirn.

So kann's gehen.

Dumm gelaufen.

Eine Erklärung für die Verwundung hat der Mann jedenfalls nicht. Sagt nur, dass er die Aussage verweigert. Profi eben. Kenne seine Rechte, meint er.

Na, dann.

Nützt ihm nur nichts.

Er bekommt einen vernünftigen Verband und ein Antibiotikum und eine offizielle Belehrung über seine offiziellen Rechte und eine vorläufige Einzelzelle.

Jetzt weiß er Bescheid.

Und zum Schluss wird der Van mal so richtig auf links gedreht.

Ist doch immer was los.

Stell dir vor: Sein Telefon klingelt.

Karl Heinz ist dran.

»Ich habe mich mal wieder mit meinen alten Kollegen getroffen«, sagt Karl Heinz. »War schön.«

»Kontaktpflege ist immer gut«, sagt AM.

»Stimmt«, sagt Karl Heinz. »Wird viel gequatscht. In Hamburg, zum Beispiel, da hätte vor der Davidwache auf einmal ein Auto gestanden, wurde erzählt. In der Tabuzone. Auf dem Platz für die Einsatzfahrzeuge. Traut sich sonst keiner. Nicht mal die ganz Harten aus dem Milieu. Und auf dem Fahrersitz lag ein schwarzer Koffer. Sehr verdächtig. Der Halter war zu Hause nicht zu erreichen. Ein Kollege wollte sofort abschleppen, ein anderer hatte Schiss und hat Bombenalarm gegeben. Richtig großer Tanzball war das. Das Auto wurde von Spezialisten mit Sprengstoffrobotern geknackt, obwohl der Schlüssel auf dem linken Vorderreifen lag. Kein Risiko. Und dann wurde der Koffer vorsichtig geöffnet. War aber keine Bombe.«

»Das ist gut.«

»Ja, das ist gut. Bomben bringen nämlich viel Unruhe. Vor allem, wenn sie explodieren.«

»Dafür sind die da.«

»War diesmal nur Schmuck im Koffer«, sagt Karl Heinz. »Broschen, Ketten, Armbänder, Uhren und jede Menge Eheringe. Ziemlich wertvolles Zeug. Konnte sogar teilweise identifiziert und zugeordnet werden. Stammte aus unterschiedlichen Betrugsdelikten der letzten Monate. Und da fiel auch das Stichwort: Enkeltrick.«

»Ach ja?«, sagt AM.

»Ich meine ja nur«, sagt Karl Heinz. »Schon komisch, dass du mich auch danach gefragt hast.«

»Verrückt!«, sagt AM.

»Gibt sogar ein Überwachungsvideo vom Platz vor der Wache.«

»Ach ja?«

»Zeigt einen älteren Mann und eine ältere Frau«, sagt Karl Heinz, »die steigen aus dem Wagen und verschwinden. Ziemlich unscharf im Hamburger Morgennebel. Die Gesichter sind wegen der Feuchtigkeit auf den Linsen und wegen nervigen Lichtreflexen in der Dunkelheit nicht zu erkennen. Aber die Frau hat wohl Hüftprobleme, das wird trotzdem deutlich.«

»Das Alter eben«, meint AM.

»Hast du eine Erklärung dafür?«

»Habe ich«, sagt AM.

»Dachte ich mir«, sagt Karl Heinz. »Behalt sie für dich.«

»Gut«, sagt AM. »Danke.«

Pause.

»Ich würde gern mal wieder einen dieser perfekt gefilterten Kaffees bei dir trinken«, sagt Karl Heinz nach einer Weile. »Quatschen über dies und das, über Pistolen im Handschuhfach und was man damit anfangen könnte, über Schussverletzungen an Waden, dabei auf einem Schiff im Hafen schaukeln, Joe Cocker hören ... With a little help from my friends.«

»Ist immer nützlich«, sagt AM. »Wie geht's denn Mandy?«

Pause.

»Bist du noch da?«

»Ist ausgezogen. War wohl überfordert. Ich glaube, sie konnte den Zigarettenrauch nicht vertragen.«

»Das kann gut sein.«

Pause.

»Habe ich ertränkt«, sagt Karl Heinz.

Pause.

»Ihr Laptop und ihr Handy«, sagt Karl Heinz. »Beides. In der Badewanne. Musste sein.«

AM nickt.

»So was muss manchmal sein«, sagt er.

»Jau«, sagt Karl Heinz.

Er nimmt einen kräftigen Zug an seiner Zigarette. Das ist deutlich am Telefon zu hören. Glut frisst sich durch den Tabak, knistert dabei.

»Mandy bestellte immer Kosmetik und Klamotten und so 'n Zeug über Amazon«, erzählt Karl Heinz. »Irgendwann bekam sie eine E-Mail, verziert mit dem Logo von diesem Laden. Darin stand, ihr Kundenkonto sei gehackt worden. Zur Sicherheit müsse sie sofort auf den Link weiter unten klicken, ihre Kontodaten und die PIN eingeben, dann wäre alles wieder in Ordnung.«

»Schätze, sie hat das gemacht«, sagt AM.

»Sie hat das gemacht«, sagt Karl Heinz.

»Mhm«, sagt AM.

»Genau«, sagt Karl Heinz. »Und zehn Minuten später war ihr Girokonto leer geräumt und die Zugänge zu all ihren Daten auf Laptop und Handy waren gesperrt. Die würden erst nach Zahlung von fünftausend Euro auf irgendein ominöses Konto wieder freigegeben, stand da.«

»Dumm gelaufen«, meint AM.

»Medienkompetenz wie ein Grottenolm«, sagt Karl Heinz. »Also habe ich ihr Laptop und ihr Handy in der Badewanne ertränkt. Schnell und effektiv. Geräte beide kaputt, aber Trojaner auch erledigt.«

»Algorithmen können nicht schwimmen«, meint AM.

»Nicht im Fichtennadelschaumbad«, bestätigt Karl Heinz.

»Stimmt«, sagt AM.

»Jetzt hat Mandy kein Facebook mehr«, sagt Karl Heinz, »und kein Instagram und kein Twitter und also auch keine Freunde und keine Likes. Nur noch totes Leben. Keine Verbindung mehr zur Außenwelt. Totale Isolation und Einsamkeit. Das Ende. Die fünftausend Euro waren ihr dabei egal. Sie hat geheult und dann meine Zigaretten in die Badewanne geworfen. Einfach so. Alle drei Stangen aus der Geheimreserve. Schmecken jetzt nach dem Trocknen, als ob ich Tannenzapfen rauchen würde.«

»Und Mandy?«, fragt AM.

»Ist seitdem untergetaucht«, sagt Karl Heinz. »Aber nicht in meiner Badewanne.«

»Das ist gut«, sagt AM.

»Meldet sich nicht«, sagt Karl Heinz. »Ist einfach weg. Holt ihre Schuhe nicht ab und ruft nicht mehr an. Hat ja auch kein Handy. Facebook und WhatsApp funktionieren nur beschränkt unter Wasser.«

»Klar«, sagt AM. »Außerdem konnte sie den Zigarettenrauch nicht vertragen.«

»Mhm«, meint Karl Heinz. Wahrscheinlich Kippe zwischen den Lippen. »Genau so! Das ist der Hauptgrund.«

»Klar«, sagt AM. »Kennst du diese Kriegslist von dem alten Medizinmann? Der alte Medizinmann sagt, alte Indianer könnten sich nicht mehr geräuschlos an junge Feinde anschleichen, auch wenn sie sich noch so sehr bemühten, nicht auf trockene Äste zu treten. Es knacke trotzdem immer verräterisch, sagt der Medizinmann. Die Gelenke vielleicht. – Alte Indianer dürften deshalb nur alte Feinde anschleichen, meint er. Dann knacke es zwar immer noch, aber die alten Feinde hörten ja auch nicht mehr so gut. Das funktioniere dann.«

»Du kennst alte Medizinmänner?«, fragt Karl Heinz.

»Mhm«, sagt AM.

»Und was willst du mir jetzt damit sagen?«

»Behalt ich auch für mich«, sagt AM.

»Mach das«, sagt Karl Heinz.

With a little help from my friends.

Endlich!

Lockerer Trab, ganz ohne Ambitionen, ohne irgendetwas beweisen zu wollen. Wie hatte ihm das gefehlt in den letzten Tagen.

Er hatte den Baum seines Freundes besucht. Er hatte ihm alles erzählt, sich alles von der Seele gequatscht und ihn um seine Meinung gefragt.

Gut, dass sein Freund so nah war.

Und ihm zuhörte.

Und ihm antwortete.

Willy war nie allein.

Willy hatte über die Rinde gestreichelt und die Energie in sich aufgenommen. Er hatte sich gefreut, als sein Freund mit den Ästen des Baumes geantwortet und genickt hatte. Er war einverstanden gewesen. Ja, er hätte genauso gehandelt. Natürlich. Einmischen, wo etwas falsch läuft. Ganz egal, wie klein oder wie groß oder wie gefährlich das Falsche war.

Dann war alles richtig.

Dann war alles gut.

Erst jetzt konnte Willy entspannt zur Waterfront laufen. Fünf Kilometer zur Auflockerung. Luststrecke. An den Docks entlang, vorbei an den Verladekais, bis weiter raus, dahin, wo die Bebauung allmählich Natur wurde und das Wasser an freien Ufern spielte.

Die Wellen rollten auf die Steinmole, umspülten die Felsbrocken, bäumten sich auf, gegen den Wind, wurden zerstäubt in Myriaden von gleißenden Diamanten, die herüberwehten und mit salzigem Geschmack Geschichten und Träume von Weite und Freiheit und Klarheit erzählten.

Er setzte die Ohrhörer ein. Ab jetzt liefen Barbra Streisand mit ihm mit und Nancy Sinatra. Sie lieferten den Rhythmus. Und sie sprachen über Wahrheiten und den Kampf gegen Rücksichtslosigkeit. Sie besangen das, über das sein Freund stets gesprochen hatte. Schön, dass es sie alle gab. Schön, dass sie bei ihm waren.

Sie waren ein perfektes Team.

These boots are made for walkin' ...

Nancy, die große Schwester, wusste Bescheid.

Und nicht nur die Boots, auch seine High Heels waren dafür gemacht. Und er war für die High Heels gemacht. Beide gehörten zusammen.

Willy fühlte sich wohl.

Er war wieder für die ganz große Strecke bereit.

Willy drehte um und lief zurück. Es gab da jemanden, der auf ihn wartete.

In Höhe des Sportboothafens sah Willy eine Frau, die ihren Terrier spazieren führte. Der Hund hockte vor der Stegplanke, dem Zugang zur Bula Bula, spreizte den Schwanz starr nach hinten, bog den Kopf vor, saß grotesk verkrampft und löste sich. Die Frau wartete, ließ den Hund erledigen, was die Natur erledigen wollte, erledigen musste, sah dabei dem Flug der Möwen zu. Als der Hund fertig war, gingen beide weiter, einfach so, ließen etwas zurück, was da nicht hingehörte.

Willy erreichte die Stelle, packte die Hinterlassenschaft des Hundes mit der bloßen Hand. Das war weich, das war warm, und er nahm es auf.

Er holte die Frau mit dem Hund ein.

»Entschuldigung ...«

Die Frau hörte die Stimme, blieb stehen, drehte sich um.

Was da hinter ihr stand, war groß, sehr groß, wirkte noch

größer auf wirklich hohen High Heels, war blond, perfekt geschminkt und durchtrainiert und lächelte freundlich.

Es nahm ihr den Atem.

»Sie haben da etwas verloren«, sagte die sehr große blonde, perfekt geschminkte, freundlich lächelnde Frau und stopfte etwas in die Manteltasche der Frau mit dem Hund.

Sie sah nicht hin. Was immer das war, es fühlte sich schmierig an und es roch nicht sehr gut.

Die Frau mit dem Hund sah diese blonde Frau an, deren Gesicht so hoch über ihr lächelte, konnte nicht reden, konnte sich nicht bewegen, wehrte nichts ab, konnte kaum atmen.

»Gern geschehen«, sagte die große blonde Frau, lächelte immer noch, lief lächelnd an ihr vorbei und an dem Hund, trabte mit lockeren, elastischen Schritten auf hohen Stilettos den Kai entlang.

Ja, dachte Willy, das musste jetzt sein.

Ganz gleich, wie klein oder groß das Falsche war, wie nachhaltig die Rücksichtslosigkeit.

Es war falsch, es war rücksichtslos.

Und dann ist Handeln gut.

Dann ist Handeln richtig.

Willy lief auf den Neuen Fischmarkt, wusch sich dort am Brunnen ausgiebig die Hände und lief weiter in die Stadt. Der kleine Sohn der Nachbarin wartete sehnsüchtig auf eine wilde zwanzig Kilometer lange Tour im Kindercaddy durch raues Gelände, durch Wald und durch Bäche.

Vier Tage lang war nichts los gewesen. Da bestand Nachholbedarf.

Willy war bereit.

Endlich!

Das Leben rief.

Es wurde Zeit für neue Abenteuer.

IV.

Die Küsten müssten für die Alten reserviert werden

Grundsätzlich ist ein geparktes Seniorenmobil nicht verdächtig.

Auf den ersten Blick jedenfalls nicht. Nicht einmal, wenn in der seitlichen Halterung für die Gehhilfen ein Hexenbesen steckt. Das ist zwar ungewöhnlich, aber wer will schon nachvollziehen, was in den Köpfen von diesen Alten so alles für Filme ablaufen.

Das möchte man ja gar nicht wissen.

Darum sollen sich die Spezialisten von der Gerontopsychiatrie kümmern. Die haben sich schließlich genau dafür ein extra dickes Fell anstudiert. Vermutlich sind Horrorfilme mit einer FSK-Bewertung ›ab 18‹ dagegen Streifen fürs Kinderprogramm.

Was soll's?

Höchst verdächtig wird ein Elektroquad erst, wenn es unmittelbar an der Kaikante des Hafens steht. Ganz vorn. Da, wo nur einen Schritt weiter das Ufer senkrecht abfällt und das Wasser besonders tief ist.

Dann wird's interessant.

Fünfunddreißig Prozent aller Suizide werden von Leuten über fünfundsechzig begangen. Gezählt ohne die hohe Dunkelziffer. Das muss man wissen, wenn man mit seinem Streifenwagen auf Tour ist und ein Elektroquad an der Kaikante ganz vorn stehen sieht.

Die beiden Streifenbeamten wussten das.

Auch, wenn sie das nicht wissen wollten.

Und es wäre nicht das erste Mal, dass ihr Einsatzbericht

später eins zu eins in die Suizid-Statistik einfließen würde.

»Scheiße!«, sagte der ältere. Er saß auf dem Beifahrersitz. Er hatte das rote E-Mobil als Erster gesehen.

Geschulter Blick.

»Scheiße!«, wiederholte der jüngere.

Sie waren einer Meinung.

Gutes Team.

Sie stoppten ihren Einsatzwagen, stiegen aus und ordneten erst einmal ihre Kleidung, ihre Sonnenbrillen, ihre Gürtel und Halfter. Das musste so sein, wenn üble Entdeckungen zu erwarten waren. Das eigene Körpergefühl musste stimmen. Sonst lief gar nichts. Musste auf Sicherheit gepolt sein.

Selbstsicherheit ist Eigensicherung.

»Dann wollen wir mal«, sagte der ältere.

»Sie gehen ja zunächst unter und sind sofort weg«, sagte der andere. »Nach oben kommen sie erst wieder nach ein paar Tagen, wenn die Bakterien im Köper voll loslegen und Gase produzieren. Das gibt dann Auftrieb.«

»Oder ihre Kleidung bläht sich auf und sie gehen erst gar nicht unter«, sagte der erste. »Das wäre die andere Variante. Das wäre die Ballonvariante.«

Er fand das komisch.

»Ich hatte noch kein Abendessen«, sagte der jüngere.

»Kann dauern, wenn wir Pech haben«, sagte der ältere.

Sie trennten sich. Einer ging an der Hafenkante entlang nach Norden, der andere nach Süden. Sie gingen langsam, blickten dabei in das trübe Hafenwasser und hofften, dass der jeweils andere entdeckte, was sie eigentlich gar nicht entdecken wollten. Schichtende erst in zwei Stunden. Vielleicht hatten sie Glück. Vielleicht ließen sich die Bakterien Zeit.

Der Angler saß fünfzig Meter vom Elektromobil entfernt auf einem Poller und starrte auf den Schwimmer seiner Angel.

»Moin«, sagte der ältere der beiden Polizisten. »Schon was gefangen?«

Der Angler blickte nicht auf.

»Nö«, sagte er nur. »Und selbst? - Schon was gefunden?«

»Was meinen Sie?«, fragte der Polizist.

»Na, Sie suchen garantiert was«, sagte der Angler. »Verlassener Rollstuhl am Hafen, da passiert was im Kopf.«

»Stimmt«, sagte der Beamte. »Seit wann sitzen Sie denn hier? Irgendwas beobachtet?«

Jetzt sah der Angler auf. Er nickte.

»Wenn du dich umschaust und deinen Tod hinterm Horizont ahnst, musst du ans Meer«, sagte er. »Warum, weiß ich nicht. Ist aber so. Vielleicht, weil da auch alles begann. Es ist immer gut, wenn sich Kreise irgendwann sauber schließen. Das ist eine Ordnung, verstehen Sie? Es ist ein gutes Gefühl, wenn sich dein Lebenskreis am Meer wieder schließt. Die Küsten müssten für die Alten reserviert werden.«

»Wovon reden Sie da?«, fragte der Polizist.

»Na, vom Tod«, sagte der Angler. »Deswegen schleichen Sie doch hier herum.«

»Heißt das, Sie haben gesehen, dass da jemand ...«

»... ins Wasser gesprungen ist?«, ergänzte der Angler.

Der Polizist nickte. »So in der Art.«

»Nö«, sagte der Angler. Er konzentrierte sich wieder auf den Schwimmer der Angel. »Hätte ja die Fische erschreckt.«

»Haben Sie irgendwas anderes gesehen?«

Der Angler schüttelte ganz langsam den Kopf.

Links - rechts - links ...

»Oder wissen Sie vielleicht sogar, wem der Rollstuhl gehört?«

Rechts – links – rechts ...

Das war keine Meinungsäußerung. Das war mehr der Versuch, die Beweglichkeit und den sauberen Lauf des Kopfgelenks zu testen.

Ging noch.

Knirschte nichts.

»Nichts gesehen«, sagte der Angler. »Nur meinen Schwimmer.«

Der Polizist wartete, wartete auf irgendeine zusätzliche Information.

Da kam nichts mehr. Nichts zu machen.

Also zurück zum Kollegen.

»Wir haben viel zu wenig Heime«, sagte der ältere. »Viel zu wenig.« Mit dem Kopf deutete er auf den Angler. »Und das da, das sind viel zu viele und sie sind überall.«

»Überall!« Der jüngere nickte.

»Sitzen da und kosten, tun nichts und haben ihr Leben nicht mehr im Griff.«

»Demografischer Wandel«, ergänzte sein Kollege und wies auf den verlassenen Elektrorollstuhl. »So sieht das dann aus.«

Der ältere nickte.

»Und an wem bleibt letztlich alles hängen?«, fragte er.

»Frag nicht«, sagte der jüngere.

»Ich frage nicht«, sagte der ältere. »Ich verständige die Taucherstaffel.«

Er griff nach dem Handfunkgerät, an seiner Uniform und drückte den Rufknopf.

Der Abend war gelaufen.

Mit dem Blick nach vorn

Die Bula Bula passierte die roten und grünen Seezeichen, die auf den Wellenbrechern des Hafens montiert waren. Klarer Kurs auf den Horizont, gegen die Wellen, mit dem Wind.

Von vorn schien die Sonne ins Steuerhaus. Der Abendhimmel zeigte, was an Farben möglich war.

Alles war hell und alles war schön.

Theatralische Inszenierung.

Ein bisschen Kitsch.

Ganz normal.

Darf sein.

Im Gegenlicht waren zwei Köpfe im Cockpit zu erkennen, zwei Schultern. Zwei Menschen im Abendlicht. Der Scherenschnitt einer märchenhaften Reise auf einer märchenhaften Bühne.

Sie standen sehr dicht beieinander.

Sie blickten nach vorn.

V.

Planänderung – Horror oder Chance?

»Tut mir leid, ich kann das nicht«, sagte Dilek. »Ich kann den Artikel nicht schreiben.«

Ihr Chef stand an seinen Schreibtisch gelehnt, die Beine überkreuzt, die Arme verschränkt, Unterlippe vorgeschoben, Mundwinkel nach unten.

Körpersprache: Das gefällt mir nicht!

Eindeutig.

»Das gefällt mir alles nicht«, sagte er. Er schüttelte den Kopf. »Du kannst das schon, du willst das bloß nicht.«

»Oder so«, meinte Dilek. »Das Thema ist so komplex, hat so vielfältige Aspekte und Ansätze, ein Zeitungsartikel allein würde dem nicht gerecht werden.«

»Das ist keine Begründung. Es ist unsere Aufgabe als Journalisten komplexe Sachverhalte zu erfassen, aufzubereiten und verständlich und konzentriert darzustellen.«

»Ich weiß«, sagte Dilek. »Deshalb wird es ein Buch werden.«

Ihr Vorgesetzter sah sie an. Die Mundwinkel zuckten nach oben, und eine Augenbraue auch. Aber noch wurde es kein Lächeln. Nur ein angedeuteter Ausdruck von Überraschung.

»Vielleicht ein Kriminalroman«, ergänzte Dilek. »Ein Seniorenkrimi. Realistisch und authentisch.«

»Aha.« Mehr sagte ihr Chefredakteur nicht. Doch das war schon ganz schön viel, wenn man sprachlos ist.

»So wie es wirklich war?«, fragte er schließlich.

»Wie es gewesen sein könnte«, sagte Dilek.

Ihr Chefredakteur nickte. Er ging hinter den Schreibtisch, ließ sich in seinen Sessel fallen, stemmte die Ellenbogen auf die Tischplatte und legte sein Kinn auf die Fäuste.

»Mhm«, sagte er.

»Es ist mir wichtig«, sagte Dilek.

»Dann ...«, sagte ihr Chefredakteur nur, »dann mach das mal. Mach, was dir wichtig ist.«

»Danke«, sagte Dilek.

Ihr Chef winkte ab.

»Horror oder Chance? – Bleibt es bei diesem Titel?«

Dilek schüttelte den Kopf. Sie lächelte.

»Zwischen Knast und Friedhof liegt ein schöner Strand«, sagte sie. »Ich finde, das passt besser.«

Jetzt lächelte auch ihr Chef.

»Schön«, sagte er. »Das klingt gut. Optimistisch. Vielversprechend. Richtungsweisend.«

Dilek nickte.

»Aufbruchstimmung!«

»Immer gut«, sagte der Chefredakteur. »Und dieser Strand ist schön für uns alle?«

»Und dieser Strand ist schön für uns alle!«, sagte Dilek.

»Wenn das so ist, dann sollten wir den schnell finden«, sagte ihr Chef. »Gemeinsam.«

Dilek war erleichtert. Das zu hören, war genau das, was sie sich erhofft hatte. Und Carola und AM und Willy und alle anderen würden sich sicherlich ebenso freuen.

»Genau!«, sagte sie. »Los geht's!«

Hans-Werner Wienand

VERLIERER

Wahre Lügen aus der Seglerwelt

Hans-Werner Wienand ist auf der Suche nach Abgründigem, Skurrilem und Komischem in der Welt der Segler. Der Publizist, Satiriker und Weltumsegler findet Situationen, die sich zugetragen haben könnten, aber so sicherlich nicht zugetragen haben. Oder doch? Wer weiß das schon so genau? Möglich ist alles im Kosmos der Seglerszene, auf dieser Bühne für Verrückte.

Die Geschichten sind ein literarisches Wimmelbild der Seglerwelt. Es ist leicht, die bunte Vielfalt oberflächlich zu genießen und dabei doch in klug verdrängte Tiefen der seglerischen Psyche einzutauchen, auch wenn das manchem nicht gefallen kann.

Der Autor hat die Schauplätze selbst besucht, in der Karibik, im Pazifik, im Indischen Ozean und dicht vor der Haustür, hat die Menschen, die Segler dort beobachtet und schenkt authentische, wahre Lügenbilder.

ISBN 978-3-95737-010-5; 208 S.; auch als E-Book erhältlich

Hans-Werner Wienand

AMYGDALA

Protokoll einer Weltumsegelung

Irgendwann wachst du auf und du weißt, jetzt ist es Zeit für deinen Traum.

Wir sind an Bord gegangen, haben alle Leinen losgeworfen und die Segel gesetzt. Wir haben die Warnungen der Bedenkenträger ignoriert und die Ratschläge der Besserwisser. Wir waren keine Pioniere, aber wir haben uns unseren individuellen Traum erfüllt. Wir sind der untergehenden Sonne einmal um unseren gemeinsamen Planeten gefolgt und haben uns unsere Freiheit ersegelt. Es war schön. Es war richtig.

35.601 Seemeilen - 5 Kontinente - 30 Länder
115 Inseln - 270 Schleusen inkl. Panamakanal
317 Tage auf See - 871 Tage vor Anker

392 Seiten, 155 Fotos
ISBN 978-3-946324-04-1